नीम का पेड़

[उपन्यास]

नीम का पेड़

राही मासूम रज़ा

रुपांतर

प्रभात रंजन

राजकमल प्रकाशन

ISBN : 978-81-267-0627-3

मूल्य : ₹ 399

पहला संस्करण : 2003
दसवाँ संस्करण : 2025

प्रकाशक : राजकमल प्रकाशन प्रा.लि.
1-बी, नेताजी सुभाष मार्ग, दरियागंज
नई दिल्ली-110 002
शाखाएँ : अशोक राजपथ, साइंस कॉलेज के सामने, पटना-800 006
पहली मंजिल, दरबारी बिल्डिंग, महात्मा गांधी मार्ग, प्रयागराज-211 001
1, अनमोल सोराबजी सन्तुक लेन, धोबी तलाव, मरीन लाइंस, मुम्बई-400 002
वेबसाइट : www.rajkamalprakashan.com
ई-मेल : info@rajkamalprakashan.com

मुद्रक : विकास कंप्यूटर एंड प्रिंटर्स
ट्रॉनिका सिटी-201 102

NEEM KA PED
Novel by Rahi Masoom Raza

लेखकीय

इससे पहले कि आप कुछ समझें, मैं आपको बता दूँ इस कहानी से मेरा कोई तआल्लुक नहीं है। यकीन मानिए दूर-दूर तक नहीं है। मैं तो सिर्फ़ एक लेखक हूँ और लेखक होने का धर्म निभा रहा हूँ। बस एक माध्यम भर हूँ। असली कहानी तो नीम के पेड़ की है और उसकी भी क्या है ! बीसवीं शताब्दी के तो एक बहुत बड़े लेखक ने लिख दिया था कि दुनिया बनाते वक़्त उसे बनानेवाले ने एक कहानी लिख दी थी। बस हम सब अपने-अपने दौर में अपने-अपने ढंग से उसे लिखते रहते हैं।

सच-सच बताऊँ तो मैं न लछमनपुर कलाँ को जानता हूँ और न ही मदरसा खुर्द को और अली ज़ामिन खाँ, मुसलिम मियाँ नाम के उन दो ख़ालाज़ाद भाइयों को तो बिल्कुल ही नहीं। हो सकता है यह सब उस नीम के पेड़ की कोरी बकवास हो जो उसने मुझे सुनाई और मैं आपको सुनाने बैठ गया। वर्ना नफरत और बेकली की ऐसी कहानियों में मेरी कोई दिलचस्पी क्यों होगी भला। मैं तो लेखकों की उस ज़मात का हूँ जो मानते हैं कि लेखक या अदीब का काम दुनिया में अमन फैलाना है। उसका काम मोहब्बत के ऐसे अफ़साने गढ़ना है, जिसे पढ़ते ही लोग आपसी दीवारों को भूल जाएँ। लेखकों का काम तो सरहदें मिटाना होता है।

लेकिन क्या करूँ, मैं मजबूर था। मैं अपनी तरफ़ से इस कहानी में कहानी भी नहीं जोड़ सकता था। इसीलिए इस कहानी में आपको हदें भी दिखाई देंगी और सरहदें भी। नफरतों की आग में मोहब्बत के छींटे दिखाई देंगे। सपने दिखाई देंगे तो उनका टूटना भी।...और इन सबके पीछे दिखाई देगी सियासत की काली स्याह दीवार। हिन्दुस्तान की आज़ादी को जिसने निगल लिया। जिसने राज को कभी भी सु-राज नहीं होने दिया। जिसे हम रोज़ झंडे और पहिए के पीछे ढूँढ़ते रहे कि आख़िर उसका निशान कहाँ है ? गाँव मदरसा खुर्द और लछमनपुर कलाँ महज़ दो गाँव-भर नहीं हैं और अली ज़ामिन खाँ और मुसलिम मियाँ की अदावत बस दो ख़ालाज़ाद भाइयों की अदावत

नहीं है। ये तो मुझे मुल्कों की अदावत की तरह दिखाई देती हैं, जिसमें कभी एक का पलड़ा झुकता दिखाई देता है तो कभी दूसरे का और जिसमें न कोई हारता है, न कोई जीतता है। बस बाकी रह जाता है नफरत का एक सिलसिला...

मैं तो शुक्रगुज़ार हूँ उस नीम के पेड़ का जिसने मुल्क को टुकड़े होते हुए भी देखा और आज़ादी के सपनों को टूटते हुए भी। ज़मींदारी को खत्म होते हुए देखा तो नए राजाओं को बनते हुए भी देखा। उसका दर्द बस इतना है कि वह इन सबके बीच मोहब्बत और सुकून की तलाश करता फिर रहा है। पतन के दौर में आदर्श की तलाश में भटक रहा है। क्या करे बेचारा सारा खेल उसकी छाँह को खरीदने-बेचने का जो चलता रहा खुद उसी की छाँह के नीचे, तो तकलीफ उसे नहीं होती तो किसे होती।

अब बताइए भला, मैं तो एक लेखक ठहरा। मुझे तो हर तकलीफज़दा के साथ होना है। चाहे वह हाड़-मांस का बना इंसान हो या फिर एक अदना-सा नीम का पेड़। क्या मैं उसकी कहानी सिर्फ़ इसलिए नहीं सुनाऊँ कि हम इंसानों की बस्ती में उसकी कोई औकात नहीं है। या इसलिए कि जब इंसानी ज़ुबान का ही कोई भरोसा नहीं रहा तो फिर एक नीम के पेड़ का क्या ठिकाना। लेकिन मेरा तो यह फर्ज़ बनता ही था कि मैं उसकी कहानी आप तक पहुँचाऊँ। अब अगर इसमें आपको कोई झूठ लगे तो समझ लीजिएगा कि यह मेरा नहीं उसका झूठ है। और सच...तो साहब उसका दावा तो कोई भी नहीं कर सकता, न मैं न आप।

अब मैं आपके और नीम के पेड़ के बीच ज़्यादा दीवार नहीं बनना चाहता, नहीं तो आप कहेंगे कि मैंने उसकी कहानी को अपनी बताने की गरज़ से इतनी लम्बी तकरीर दे मारी। तो चलिए आपकी मुलाकात गाँव मदरसा खुर्द के अली ज़ामिन खाँ और गाँव लछमनपुर कलाँ के मुसलिम मियाँ से करवाते हैं जो वैसे तो ख़ालाज़ाद भाई हैं, लेकिन वैसी दुश्मनी तो दो दुश्मनों में भी न होती होगी। और हाँ, बुधई उर्फ बुधीराम का भी तो अफ़साना है ये। अब यह आपको तय करना है कि आख़िर यह अफ़साना इन तीनों में से किसका है। तो चलिए अब नीम के पेड़ की ज़ुबानी ही सुनिए पूरी कहानी।

नीम का पेड़

1

मैं ही इस कहानी का उनवान भी हूँ और कहानी भी...मैं नीम का बूढ़ा पेड़...गाँव के बच्चे मेरे नीचे बैठकर मेरी निमकौलियों के हार गूँथते हैं...खिलौने बनाते हैं मेरे तिनकों से...माँओं की रसीली डाँटें घरों से यहाँ तक दौड़-दौड़कर आती रहती हैं कि बच्चों को पकड़कर ले जाएँ मगर बच्चे अपनी हँसी की डोरियों से बाँधकर उन डाँटों को मेरी छाँव में बिठला देते हैं...मगर सच पूछिए तो मैं घटाएँ ओढ़कर आनेवाले इस मौसम का इन्तजार किया करता हूँ...बादल मुझे देखकर ठट्ठा लगाते हैं कि लो भई नीम के पेड़ हम आ गए...इस मौसम की बात ही और होती है क्योंकि यह मौसम नौजवानों का भी होता है...मेरे गिर्द भीड़-सी लग जाती है...मेरी शाखों में झूले पड़ जाते हैं...लड़कियाँ सावन गाने लगती हैं...

मुझे ऐसी-ऐसी कितनी बातें याद हैं जो सुनाना शुरू करूँ तो रात खत्म हो जाए मगर बात रह जाए...आज जब मैं उस दिन को याद करता हूँ जिस दिन बुधई ने मुझे लगाया था तो लगता है कि वह दिन तो जैसे समय की नदी के उस पार है...मगर दरअसल ऐसा है नहीं। मेरी और बुधई के बेटे सुखई की उम्र एक ही है...।

क्या तारीख थी 8 जुलाई, 1946 जब बुधई ने मुझे यहाँ अपने हाथों से लगाया था। सुखई की पैदाइश का भी तो वही दिन है और...

मदरसा खुर्द के ज़मींदार अली ज़ामिन खाँ अपने दरवाज़े पर बैठे हुक्का पी रहे हैं, साथ बैठे हैं लाला रूपनारायण। लालाजी ने कहा–

"मियाँ पहले मेरी अरज सुन लीजिए, आगे जो हुकुम !...हम मियाँ सरकार के दिनों से नमक खाते चले आ रहे हैं। मंडा भर ज़मीन की कोई बात नहीं है। मगर..."

लालाजी कुछ कहते-कहते रुक गए।

"अरे तो का हम अपने बहनोई भाई मुसलिम से फ़ौजदारी करके कुबरा का जीना अजीरन कर दें ? बाबा मरहूम ने का आपके सामने ही नहीं कहा रहा कि ऐ ज़ामिन कुबरा का ख़्याल रखिए !" ज़ामिन खाँ हुक्के के धुएँ के साथ धीरे-धीरे बोले।

"ख़्याल और ज़मीन में बड़ा फरक होता है मियाँ। आपसे एक और बात कहनी रही मियाँ कि राम बहादुर यादव का भी कोई-न-कोई इलाज करने ही को पड़ेगा। मियाँ मुसलिम की शह तो उन्हें है ही, ऊपर से अब वह जब से गाँधीजी की पाटी में भर्ती हुए हैं, दिमाग एकदम्मे से चल गया है उनका। चमटोली में बाबूरमवा के घर जमे दिन-भर तकरीर करते रहते हैं कि देश के आज़ाद होते ही ज़मींदारी-ओमीदारी सब घुसर जाएगी।"

लालाजी ने बयान किया।

"भाई मुसलिम की बात है तो अभी बुधई को बुलाकर ख़त भेज देते हैं। और रही बात रमबहदुरा की तो साले को टाट बाहर करवा के किस्सा ख़त्म कीजिए। और बबूरमवा से कह दीजिए कि जो आज के बाद रमबहदुरा चमटोली में दिखाइयो भर गया तो बटाई पर जो खेत ऊ जोत रहा है ओपर से ओको बेदखल करै में मिनट-भर भी नहीं लगेगा। तनी होश में रहे।"

ज़ामिन मियाँ बुझ चुके हुक्के को गुड़गुड़ाने की कोशिश करते हुए बोले। गुस्से से उनका गोरा चेहरा लाल हो गया था।

तभी वहाँ बुधई आ खड़ा हुआ। एक तो वो अपने ज़मींदार को यह इत्तिला करने आया था कि उसने उनकी दी हुई ज़मीन पर अपने एक और संगी को बसा चुका है बित्ता भर के नीम के पेड़ को और दूसरे यह कि आज ही उसकी बीबी दुखिया ने उसका वारिस जना है, जिसका नाम उसने रखा है सुखई। बुधई का बेटा सुखई।

'सुन ज़रा लछमनपुर कलाँ चला जा भाई मुसलिम के यहाँ। रहमतउल्लवा

से पाँच सेर कटहल और दू सेर गूलर का खमीरा ले ले। मुसलिम मियाँ से कहना कि हम भेजा है उनके वास्ते। और हाँ रात-बिरात का ख़्याल न करना। जैसे ही भाई मुसलिम जवाब दें ले के आ जाना। और ये ख़त भी उनका दे दीहे।''

ज़ामिन मियाँ एक साँस में बोल गए।

बुधई की बात मन में ही रह गई। ज़मींदार के हुक्म की तामील करना उसके लिए हमेशा से सबसे अहम रही है। वह ज़ामिन मियाँ को यह ख़ुशख़बरी देना ही भूल गया कि उसके घर लाल आया है...कि आज वो बहुत दिनों बाद बहुत ख़ुश है...कि आज वह इस ख़ुशी के सिवा कुछ भी नहीं करना चाहता है...लेकिन वह चुपचाप पीठ पर बोझ उठाए दस कोस दूर मुसलिम मियाँ के गाँव लछमनपुर कलाँ चल पड़ा।

शाम लगभग डूब चुकी थी। भैंस, बकरियाँ सब अपने-अपने दरवाज़ों पर लौटकर बरसाती मच्छरों से जंग कर रहे थे। गाँव की इकलौती मस्ज़िद से शाम की नमाज़ उठी। ठीक उसी वक़्त बुधई ने लछमनपुर कलाँ में मुहम्मद मुसलिम खाँ यानी मुसलिम मियाँ के दरवाज़े पर अपने पीठ पर लदा बोरा पटका।

मुसलिम मियाँ ने नमाज़ पढ़कर आँखें खोलीं तो पाया कि सामने ज़ामिन मियाँ का हुक्मबरदार बुधई खड़ा है।

''तैं कब आया बे। वहाँ तो सब खैरियत है न।''

मुसलिम मियाँ ने जानमाज़ समेटते हुए पूछा।

''मियाँ आपके और कुबरा बहिनी के वास्ते कटहल और गुल्लर का खमीरा भेजिन है।''

बुधई ने सलाम करते हुए जवाब दिया।

''खाली यही है कि औरो कुछ है।''

मुसलिम मियाँ ने मुस्कुराते हुए पूछा।

''जी एक ठो ख़त भेजिन है।''

बुधई ने उनकी ओर ख़त बढ़ाया।

''और मियाँ का हुकुम रहा कि जवाब आज ही लै आना''

बुधई ने आगे जोड़ा।

मुसलिम मियाँ ख़त पढ़ते जाते और उनकी त्यौरियाँ चढ़ती जातीं। उनका चेहरा ऐसे लाल हो गया था कि खत का लिखा उनके चेहरे पर पढ़ा जा सकता

था। खत को गोल करके मोड़ते हुए वे बोले–

"जा अपने मियाँ से कह देना कि उसे खत का जवाब अदालत सबजजी से मिलेगा।"

बुधई के कदम वापसी की ओर मुड़ चुके थे। अँधेरा बढ़ता जा रहा था। उल्लुओं और सियारों की आवाज़ें बढ़ती जाती थीं और बुधई के कदम तेज होते जाते थे। उसे अपने सुखई को देखने की जल्दी थी...

उसे रामबहादुर यादव की बात याद आ रही थी कि आजादी मिलते ही ज़मींदारी खतम हो जाएगी। ज़मीन उसी की होगी जो हल चलाएगा। इसीलिए तो उसने रखा है अपने बेटे का नाम सुखई–सुखीराम। वो उसकी तरह बेगारी नहीं करेगा...स्कूल जाएगा। उसे अपने गाँव की छिटपुट जलती ढिबरियाँ दिखाई दीं। बारिश को पुकारते मेंढकों की आवाज़ें तेज हो गई थीं।

बुधई जैसे सपने से जागा। वह मुस्कुराया। जब वह पैदा हुआ था तो उसके बाप की आँखों में तो वो सपना भी नहीं रहा होगा। कम-से-कम अपने बेटे के लिए उसकी आँखों में ये सपना तो है...क्या पता सच ही हो जाए। लेकिन फिलहाल तो उसे जल्दी थी मियाँ ज़ामिन को यह बतलाने की कि मुसलिम मियाँ ने अदालत की धमकी दी है...

2

रामबहादुर यादव गाँधीजी के कांग्रेस में शामिल क्या हो गया था ज़मींदार अली ज़ामिन खाँ का जीना हराम हो गया था। चमटोली में भाषण देता फिरता था। ज़मींदारी के ख़िलाफ़ उनको भड़काता रहता था। कहता था–

"हम रामबहादुर यादव कौनो नेता ना हैं। मुदा गाँधीजी हम्में एक ठो गायत्री मन्तर दिए हैं। तूहूँ लोग ऊ मन्तर सीख ल्यो। सब ठीक हो जैयहे। और मन्तरो बहुत आसान है। खाली ज़ोर-ज़ोर से 'भारत माता की जय' बोले जाओ...ज़मींदार लोग बहुत जुलुम कर चुके हैं...इ मन्तर की ताकत तू लोग को ज़मींदार के जुलुम से बचावेगी...तु लोगन को ज़मीन का मालिक बनावेगी..." सोचता था ऐसा बोलकर भी ज़ामिन मियाँ के प्रकोप से बच जाएगा। मदरसा खुर्द के ज़मींदार अली ज़ामिन खाँ के प्रकोप से।

...और आख़िर वही हुआ जिसका डर था। एक रात जब रामबहादुर यादव हमेशा की तरह चमटोली में तकरीर कर रहा था उसी रात चमटोली की एक-एक झोपड़ी जल गई। ऐसी आग वहाँ कभी नहीं लगी थी उसी रात रामबहादुर यादव भी नहीं बच पाया। एक ही लाठी में उसका काम तमाम हो गया। इतनी बड़ी वारदात थी, लग रहा था कुछ होकर रहेगा।

वैसे होना क्या था ? अगली सुबह थानेदार बाबू जिलेदार सिंह दो-तीन

कांस्टेबलों के साथ आए। आए तो बैठते भी कहाँ ? बैठने के लिए तो बस एक ज़मींदार साहब का दरवाज़ा था। और किसमें ताब थी कि उनका स्वागत-सत्कार करता, दारोगाजी की शान को समझता। सारा गाँव जानता था कि यह करतूत बजरंगी की है। ज़मींदार साहब के ख़ास कारिंदे बजरंगी की। पर किसी ने आज तक जुबान खोली थी जो खोलता। रामबहादुर यादव ने जुबान खोली थी और सब देख चुके थे कि उनका क्या हश्र हुआ ? चमटोली के कुछ लोग भी अपनी आँखों में सदियों का डर लिए बैठे थे ज़मींदार साहब के दरवाज़े पर। वो भी शुक्र ही मना रहे थे कि सिर्फ़ घर ही जला, जान तो बच गई। वैसे अब भी ये डर तो था ही कि न जाने क्या आफत आ जाए ? दारोगाजी जब-जब गाँव में आते हैं कुछ-न-कुछ आफत ही आती है...

उस दिन ज़मींदार साहब के दरवाज़े पर ऐसा लग रहा था जैसे कोई जलसा हो रहा हो। हलवाई बैठे जलेबियाँ छान रहे थे। दारोगा जिलेदार सिंह की ख़ातिर करने के लिए ख़ास हिन्दू नौकर आए थे। थालियों में ताजा पूरियाँ और सब्जी लगा रहे थे। हलवाई जलेबी और हलवे के थाल लगा रहा था। और साहब ख़ुशबू ऐसी थी कि आदमी भरपेट खाने के बाद भी कुछ-न-कुछ खा ही जाए। जिलेदार सिंह भी उसी ख़ुशबू में खोए थे—कुछ देर को यह भूले हुए कि वे वहाँ दावत खाने नहीं आए थे बल्कि रात को एक कत्ल हुआ था जिसकी तफ्तीश करनी थी उन्हें।

"मियाँ साहब यह कत्ल तो बड़ी संगीन बात है। कलट्टर साहब के लड़के से मुसलिम मियाँ की बड़ी गाढ़ी छनती है ! बहुत गड़-बड़ करेंगे वह। सुनिए एस.पी. साहब के यहाँ ज़रा वजनी डाली भिजवाइएगा...एस.पी. साहब इधर हो जाएँ तो फिर कलट्टर साहब भी कुछ नहीं कर सकते...लेडी डॉक्टरनी मिस मारिसन को तो आप जानते ही होंगे। एस.पी. साहब पर अगर उनसे जोर डलवाया जाए तो समझिए कि फिर काम बन जाएगा ! राज़ की बात है एस. पी. साहब उन पर ज़रा रीझे हुए हैं !"

जिलेदार सिंह पर जैसे ज़ामिन मियाँ के ख़ुशबूदार खाने का नशा चढ़ गया था और वो अपनी नमकहलाली दिखा रहे थे।

"और मुझे एक गवाह दे दीजिए जो तोते की तरह अपना बयान याद कर ले।"

जिलेदार सिंह दाँत खोदते हुए आगे बोले।

ज़ामिन मियाँ जैसे हुक्म की तामील करने वहाँ से उठकर चल पड़े।

गवाह हाज़िर था। बुधीराम ज़मींदार साहब का बँधुआ। मियाँ का हुकुम जो था। बयान रटा-रटाया ही था–

"भगवान के हाजिर नाजिर जान के कहत है न कि ऊ घर का लैके बाबूराम और कोमिला में बहुत दिन से झगड़ा चला आवत रहा। कल फिर उन्हें बात पर बात बढ़ गई और लाठी चल गई...रामबहादुर यादौ त रहिबो ना किए रेन उहाँ। हम ज सोर सुन के उधर दौड़े तो रामबहादुर हमको रास्ते में मिलेन। भाग जात रहेन। बोलें कि कोमिला और बबुरमवा मा लाठी चलत है।

...और जिलेदार सिंह इस निष्कर्ष पर पहुँच गए कि बजरंगी को तो झूठ-मूठ में फँसाया जा रहा है। असली हत्यारा तो बाबूराम है। बाबूराम को पेड़ से उल्टा लटकाकर उसकी पिटाई शुरू हुई। आख़िर जिलेदार सिंह थानेदार को ज़मींदार साहब के ख़ुशबूदार खाने की कदर जो रखनी थी..."

उधर मुसलिम मियाँ ने एक दिन ज़नानख़ाने में चाय पीते हुए यह ऐलान कर दिया अपनी माँ कनीज़ फ़ातिमा के समाने कि वे तो कुबरा की दुखतरी आम का एक ठो बाग और बीस बीघा ज़मीन लेकर ही रहेंगे, नहीं तो उन्हें डर है कि उनकी ज़ुबान से कहीं तलाक़ का लफ़्ज़ न निकल जाए।

कनीज़ बीबी लाख समझाती रही उन्हें कि न कुबरा उनकी ग़ैर है और न अली ज़ामिन, आख़िर सगी खाला के लड़के हैं। और अशराफ में न तो दुख़तरी ली जाती है न दुख़तरी दी जाती है। मगर मुसलिम मियाँ अपनी ज़िद पर अड़े थे। थक-हार कर बीबी कनीज़ ख़ुद चल पड़ी ज़ामिन मियाँ के दरवाज़े पर, उन्हें समझाने आती बला को टालने, छह कहारों की पालकी पर सवार दो लठैतों की निगरानी में।

मगर ज़ामिन मियाँ कोई कच्चे खिलाड़ी थोड़े ही थे। इधर उन्होंने अपनी खाला की आमद सुनी और तुरत इक्का जुतवाकर शहर की ओर चल पड़े। घर में यह बता गए कि मियाँ को तो बड़ी बीबी के आने की ख़बर ही नहीं मिली। वे तो शहर चले गए हैं कलक्टर साहेब से मिलने। कुछ पता नहीं कब तक आएँगे। असली मकसद था ख़ाला के सामने पड़ने से बचना। असल में वे तो शहर में अतहर हुसैन वकील के यहाँ ठहरने चले गए थे। उन्हें उम्मीद थी कि एकाध दिन में खाला चली जाएँगी और फिर वे वापस लौट आएँगे। ख़ामख़ा खाला दुखतरी की बात छेड़तीं और उनके लिए कुछ भी जवाब देना मुश्किल होता। खाला इन बातों को समझती ही कहाँ हैं ? कहेंगी दुखतरी

समझकर मत दो, बस भाई का दिल रखने के लिए दे दो। कहाँ तक देता फिरूँगा...

अतहर हुसैन वकील शहर के माने हुए वकील थे। मुकदमे के चक्कर में कई ज़मींदारों की ज़मीनें बिकवा चुके थे। उन्हें लोग इज़्ज़त से खान बहादुर साहब बुलाते थे। अली ज़ामिन खाँ उनके बड़े मुरीद थे। एक रात पीतल की चिमनी की रोशनी में हुक्का पीते हुए उन्होंने ज़ामिन मियाँ को भरोसा दिलाया कि वे मुसलिम मियाँ को मुकदमा तो किसी हालत मे नहीं जीतने देंगे, आगे मियाँ जानें और उनकी मर्ज़ी जाने। यह भी बताया कि मुसलिम मियाँ वैसे भी मुस्लिम लीगी हैं। पाकिस्तान तो बननेवाला है ही। मुसिलम मियाँ तो पाकिस्तान चले जाएँगे और मुकदमा अपने-आप ख़ारिज़ हो जाएगा।

अतहर हुसैन साहब ने ज़ामिन मियाँ को आगे समझाया कि रामबहादुर मर्डर केस में बुधई का बयान होने के बाद बेहतर हो कि वे अपने गाँव चले जाएँ और खाला से ये कह दें कि मियाँ मुसलिम बड़ा भाई मानकर जो भी माँगें वे देने को तैयार हैं और रही बात मियाँ मुसलिम के मानने की तो वो कभी नहीं मानेंगे, आख़िर पठान जो ठहरे। इससे उनकी बात भी रह जाएगी और खाला भी चली जाएँगी। वैसे तो वो जाने से रहीं।

उधर मुसलिम मियाँ भी शहर आ चुके थे अपने वकील चन्द्रिका प्रसाद से मशविरा करने कि केस तो उन्होंने कर दिया पर क्या हर्ज़ है कि सुलह की एक कोशिश हो जाए। लेकिन ज़ामिन मियाँ सुलहनामे को कब तैयार होनेवाले थे। वो तो ये मानते थे कि मियाँ मुसलिम में इसके सिवाय और कोई खूबी ही नहीं कि वे उनकी खाला के लड़के हैं। कुबरा के लिए तो उनसे अच्छा लड़का मिल सकता था। अब चूँकि उन्होंने तलाक की बात कर दी तो साहब शरीफ घरानों की लड़कियाँ या तो कुँवारी रह जाती हैं या बेवा हो जाती हैं...तलाक लेकर अपने घर नहीं आतीं।

वकील अतहर हुसैन साहब जो मुकदमेबाजी में कई खानदानों को तबाह होते देख चुके थे एक और खानदान की तबाही के सिलसिले के गवाह बननेवाले थे शायद...।

रामबहादुर यादव हत्याकांड के मुकदमे की सुनवाई की तारीख पड़ी थी। ज़ामिन मियाँ के ताबेदार बजरंगी की तरफ़ से अतहर हुसैन मुकदमा लड़ रहे

थे तो दूसरी ओर से वकील रायबहादुर चन्द्रिका प्रसाद। गवाह था बुधीराम यानी बुधई। दो नामी-गिरामी वकीलों की टक्कर थी। यह टक्कर देखने को ज़ामिन मियाँ तो आए ही थे, मुसलिम मियाँ भी मौजूद थे। चन्द्रिका प्रसादजी ने बुधई से जिरह शुरू की–

"तुम्हारा नाम ?"

चन्द्रिका प्रसाद ने पूछा।

"हमार नाव बुधई है सरकार–बुधीराम।"

बिना घबड़ाए बुधई ने जवाब दिया।

"अच्छा तो बुधई उर्फ बुद्धिराम यह बताओ कि उस दिन क्या तुमने वाकई रामबहादुर यादव को भागते हुए देखा था...और सोच के बताओ क्योंकि तुमने गीता पर हाथ रखकर सच बोलने की कसम खाई हुई है ?"

वकील साहब का लहज़ा ऐसा था कि अच्छे-अच्छे गवाहों के पसीने छूट जाएँ।

"ई तो दिन की बात न है मालिक। रात काफी होय चुकी रही, हम शोर सुनके उधर लपके जात रहेन कि का देखा कि रामबहादुर भागे-भागे चले आ रहेन ! हमें देख के बोलेन कि अरे ओहर कहाँ जा रहा रे बुधइया ! उधर तो लाठी चलत है !"

बुधई एक साँस में बोल गया।

"बस करो, बस करो...अब तो तुम्हारा बयान अदालत को भी याद हो गया होगा। अच्छा एक बात बताओ जब तुमने यह देखा कि रामबहादुर यादव भागे चले आ रहे हैं तो उस वक़्त नंगे सिर थे या उनके सिर पर गाँधी टोपी थी !"

चन्द्रिका प्रसाद एक माहिर वकील थे। बुधई को फँसाने के लिए उन्होंने जाल डाला। ज़ामिन मियाँ और अतहर हुसैन साहब के तो होश ही उड़ गए, पता नहीं बुधई क्या बोल जाए।

"यह सवाल गवाह को उलझाने के लिए किया गया है हुज़ूर, वह चाहे टोपी पहने रहा हो या नंगे सर। अगर बुधई ने उसे नंगे सर देखा तब भी यह साबित नहीं हो सकता कि ख़ून से भरी जो गाँधी टोपी मौका-ए-वारदात पर मिली, वह रामबहादुर यादव की थी ?" वकील अतहर हुसैन ने बात को सँभालते हुए बुधई के लिए एक इशारा किया।

"बुधई क्या उस वक़्त रामबहादुर यादव ने टोपी पहन रखी थी ?" सवाल

पूछने की बारी अब जज साहेब की थी।

"जी माई-बाप ! यादवजी का त हम कभई नंगे सिर देखा ही नहीं।" बुधई भाँप गया था।

बुधई के इस जवाब के साथ ही जज साहेब ने केस ही ख़ारिज़ कर दिया।

3

जो कुछ हिन्दुस्तान पर गुजरी, उसमें मैं एक मामूली नीम का पेड़। मैं तो खुद अपनी कहानी भी भूल गया। कहने को तो सियासत ने एक लकीर खींची, मगर वह लकीर आग और ख़ून का एक दरिया बन गई और हजारों-हजार लोग अपनी जड़ों समेत बह गए उस दरिया में...और मैं यहाँ अकेला खड़ा देखता रहा और सुनता रहा...उस बरस बरसात तो आई मगर झूले नहीं पड़े, गाने नहीं गाए गए क्योंकि गाने गलों में अटक गए थे ! मगर ख़ून बहुत बहा...लकीर के इधर भी बहा और लकीर के उधर भी बहा...लेकिन उसके बाद क्या हुआ सारे लीडर धुले-धुलाए कपड़े पहनकर बाहर आ गए और मेरी कहानी को पहला झटका लगा।

ज़ामिन मियाँ तो सोच रहे थे कि चलो पाकिस्तान बन गया तो मुसलिम मियाँ पाकिस्तान चले जाएँगे और कुबरा बीबी की दुखतरी का किस्सा साथ खैरियत के खत्म हो जाएगा...मगर मुसलिम मियाँ तो पाकिस्तान नहीं गए। वह तो लखनऊ चले गए और डिप्टी मिनिस्टर बन गए...

वज़ीर हो गए मुसलिम मियाँ। ज़ामिन मियाँ जिन्हें एक दफा राजा साहब महमूदाबाद ने खुद ही मुस्लिम लीग में शामिल हो जाने का न्यौता दिया था और उन्होंने ठुकरा दिया था।...मुसलिम मियाँ अपने कमरे में जिन्ना साहब

की बड़ी तस्वीर लगाते थे, पाकिस्तान नहीं गए और तस्वीर उतारकर डिप्टी मिनिस्टर बन गए। राजा साहब महमूदाबाद ने ज़ामिन मियाँ से कहा था कि बाद में बहुत पछताना पड़ेगा...उनके पछताने के दिन आ गए थे शायद... ज़ामिन मियाँ तो दुखतरी का मामला समझते थे अपने और मुसलिम मियाँ के बीच। लेकिन ख़बर मिली थी कि रामबहादुर यादव का केस फिर से खुलनेवाला था।

इस बीच एग्रीकल्चर के डिप्टी मिनिस्टर मुहम्मद मुसलिम खाँ मदरसा खुर्द तकरीर करने आए और बोल गए—"मैं अब ज़मींदार नहीं हूँ। मैं आपका मन्त्री हूँ। आपका दोस्त हूँ ! साथी हूँ...और मैं रामबहादुर यादव के कत्ल को भूला नहीं। मैं वादा करता हूँ कि यह केस खुलेगा और जिन लोगों ने गड़बड़ी की थी, उन्हें सजा मिलेगी, चाहे वे मेरे रिश्तेदार हों या आपके..." खुला इशारा था कि मिनिस्टर साहब चुप बैठनेवाले नहीं थे।

ज़ामिन मियाँ के यहाँ खाना खाने भी गए मिनिस्टर साहब। अपने ख़ालाज़ाद भाई ज़ामिन के घर और अपनी ससुराल भी। वहाँ अपनी ख़ाला से भी मिले, अपनी भावज यानी ज़ामिन मियाँ की बेगम के हाथ के बनाए खाने की तारीफ भी की, लेकिन साथ ही कह भी आए कि दुखतरी के मुद्दे पर उनका फ़ैसला अटल है। यही नहीं, जाते-जाते बुधई के लिए कुछ अतिरिक्त मोहब्बत भी दिखा गए।

जब ज़ामिन मियाँ ने कहा,

"जब ज़मींदारी ही नहीं रहेगी तो दुखतरी किससे लेंगे मियाँ...बाबा मरहूम की कबर से ?"

तो मुसलिम मियाँ ने साफ़-साफ़ कह दिया—

"इस मुकदमे का फ़ैसला ज़मींदारी अबॉलिशन से पहले हो जाएगा। भाईजान...यह सारी बातें आपको 45वाले चुनाव में मेरी मुख़ालिफत करने से पहले सोच लेनी चाहिए थी...?

दोनों माँएँ अपने-अपने बेटों के सवाल-जवाब सुनती रहीं और दुपट्टों से अपने आँसू पोंछती रहीं।

राजा साहब महमूदाबाद ने ज़ामिन मियाँ से कहा था कि बाद में बहुत पछताना पड़ेगा। उनकी बात सच हो रही थी शायद...यह ख़बर आम हो चुकी थी कि ज़ामिन मियाँ दुखतरी का मुकदमा हार गए और मियाँ जब तक इस सदमे से उबर पाते दारोगा जिलेदार सिंह ने आकर एक और मरहूम ख़बर

सुनाई कि सिविल सर्जन ने अपना बयान बदल दिया और रामबहादुर यादव का केस खुल गया। बजरंगी को गिरफ्तार करने का वारंट भी जारी हो गया।

अब सारा केस बुधई के बयान पर टिका था। अगर उसने अपना बयान बदल दिया तो...

बुधई तो अपने ही सपनों में खोया रहने लगा था। सोचता था सुखीराम के बड़ा होते-होते तो आजादी पुख्ता हो जाएगी...फिर कोई न तो उसे चमार कहेगा...न खेतिहर मजदूर...उसे अपनी नहीं सुखीराम के जीवन की पड़ी थी। उसका बयान बदलना न बदलना इससे तय होनेवाला था कि सुखीराम का फायदा किस में है, बयान बदलने में या न बदलने में...

बुधई चिलम के कश लेता इसी उधेड़बुन में खोया रहने लगा था।

लेकिन ख़बर तो ये भी थी कि बुधई दुखतरी में मुसलिम मियाँ के हिस्से में जा चुका था...

बुधई का क्या, वह तो पुश्तैनी बेगार है, वही कहेगा जो कहने के लिए कहा जाएगा !

बुधई की पूछ बढ़ गई। ज़ामिन की बहन कुबरा के घर पहला लड़का हुआ और इस मौके पर उनकी अम्मा पाँच मन मिठाई, पाँच जोड़ा कपड़ा, पाँच नग गहना और बच्चे के वास्ते चाँदी का कटोरा, रिकाबी, प्याला और चम्मच लेकर लखनऊ जानेवाली थीं। बुधई से पूछा गया कि वह साथ जाएगा लखनऊ। हवलदार मूँछ खान उसे अपनी साइकिल पर पीछे बिठाकर एक दिन पान खिलाने ले गया और यह ताकीद भी करता गया कि उसकी खैरियत इसी में है कि वह अपना बयान बदल ले।

और तो और, उसे एक दिन मियाँ की अम्मा यानी बड़की बी ने भी अन्दर बुलाया और सुपारी काटते-काटते बड़े ही प्यार से कहा–

"हम्में तोर लड़कपन याद है रे मियाँ के साथ खेलत रहा...अब तोर मियाँ बिल्कुल अकेले पड़ गए हैं रे...दारोगा की बदली हो गई मुसलिम बजीर हो गए। बस ते रह गवा है...ते का करबे...मियाँ का फाँसी लगवइबे कि मियाँ का साथ देबे...जा...जो जी चाहे कर..."

उधर रामलखन पांडे नए दारोगा बनकर आए। एक शाम मियाँ को ख़बर दे गए कि रामबहादुर यादव की शहादत दिवस को मिनिस्टर साहब खुद ही मनाने आएँगे। यही नहीं, उसकी समाधि भी बनेगी और मिनिस्टर ने समाधि के लिए चार बीघा ज़मीन देने का भी ऐलान कर दिया। मियाँ के दिन खराब

हो गए थे।

एक जमाना वो था कि वही जज जिसने उनके ख़िलाफ़ दुखतरी का फ़ैसला दिया था उनके यहाँ सुर्खाब का शिकार खेलने आता था। बड़े-बड़े कलक्टर सलाम करके ही उनके यहाँ बैठते थे...और आज ये दिन आ गए थे कि अपने आदमी की जमानत तक नहीं करवा पा रहे थे ज़ामिन मियाँ...ऐसा कभी नहीं हुआ था...पता नहीं अभी क्या-क्या होना बदा था ?

मुसलिम मियाँ के मन्त्री बनते ही सब बदल गए थे। एक मामूली दारोगा उनके दरवाज़े पर आकर बता गया था कि गाँव में शहादत दिवस पर मन्त्रीजी आनेवाले हैं इसलिए कोई बदअम्नी नहीं होनी चाहिए...

इंकलाब जिन्दाबाद ! इंकलाब जिन्दाबाद ! मुसलिम मियाँ जिन्दाबाद ! भारत माता की जय ! नारों की गूँजती आवाज़ के बीच गाँव मदरसा खुर्द आए डिप्टी मिनिस्टर मुसलिम मियाँ। अलीगढ़ी उर्दू में क्या तकरीर की उन्होंने—

''प्यारे भाइयो और बहनो...मैंने आज यहाँ अमर शहीद रामबहादुर यादव की समाधि का संगे-बुनियाद रखा है...यह समाधि हमेशा आपको याद दिलाती रहेगी कि अपने हकों, अपने अधिकारों के लिए जालिमों से लड़ना भी पड़ता है और कुछ लोगों को मरना भी पड़ता है...अमर शहीद रामबहादुर यादव उन्हीं कुछ लोगों में से एक थे जिन्होंने सिर्फ़ इसलिए जान दे दी कि आप लोग सर उठाकर जी सकें...मैं उनकी समाधि के लिए चार बिगहे ज़मीन देने का ऐलान करता हूँ। इस इलाके के सबसे बड़े ज़मींदार भाई अली ज़ामिन खाँ भी इस सिलसिले में आपको और यू.पी. सरकार को अपना पूरा सहयोग देंगे।''

मुसलिम मियाँ ने इतना कहकर ज़ामिन साहब की ओर देखा और धीरे से कहा—

''आप कुछ कहेंगे भाईजान !''

ज़ामिन मियाँ न तो लीडर थे और न ही अलीगढ़ विश्वविद्यालय के पढ़े उर्दूदाँ—अपने ख़ालाज़ाद भाई मुसलिम मियाँ के लिए कहते थे ज़ामिन मियाँ कि कलफ लगी इसतिरी की उर्दूवाले। लेकिन फिर भी अपनी अवधी में जनता का दिल जीतने का फन मालूम था उन्हें। उन्होंने बोलना शुरू किया—

''हम त कौनो लीडर—उडर हैं न ! तकरीर करे का फन हमें आवत नाहीं ! मुदा हम ई कहा चाहित है कि रामबहादुर के समाधि बनाए में दस-पाँच हजार रुपया त ज़रूरे खर्च होई ! त ई दस-पाँच हजार रुपया बचा सकित है। ईहाँ से मील-भर दूर हमरे अब्बा मरहूम यानी मुसलिम मियाँ के सगे खालू मरहूम

की बहुत पक्की और ख़ूबसूरत कबर है। तो वो ही का नाम बदलकर अमर शहीद रामबहादुर यादव की समाधि क्यों न कर दिया जाए ! पुराना पत्थर उखाड़े और नया पत्थर लगावे में जो कुछ खरच होगा ऊ खर्च हम उठाए को तैयार हैं।''

ज़ामिन मियाँ अपनी महीनी में बड़े-बड़े नेताओं को मात कर सकते थे। इस तकरीर में भी उन्होंने अपनी सफाई दिखा दी।

कोई बदअम्नी नहीं फैली और काम भी हो गया। कहते हैं न कि साँप भी मर जाए और लाठी भी न टूटे। ज़मींदार साहब ने बड़ी सफाई से अमर शहीद रामबहादुर यादव की समाधि को अपने गाँव से टाल दिया और खर्च की बात करके अपना हाथ ऊँचा भी कर लिया।

बुधई को अपने सपने सच होने की कुछ उम्मीद दिखाई देने लगी थी। गाँव में स्कूल खुल गया था—''अली मोहसिन मेमोरियल नेशनल स्कूल''। हालाँकि इस बोर्ड को पोतकर उस पर 'अमर शहीद रामबहादुर यादव मेमोरियल नेशनल स्कूल' लिखे जाते हुए भी बुधई ने देखा था। फिर भी खैर...इतना तो सच था ही कि गाँव में स्कूल खुल गया था। बुधई स्कूल का तख्ता देखता था और सोचता था अगर उसके लड़कपन में स्कूल खुला होता तो वो भी थोड़ा पढ़-लिख गया होता। फिर सोचता वैसे अच्छा ही हुआ स्कूल नहीं खुला। अगर वह पढ़-लिख गया होता और फिर बेगारी करता तो तकलीफ होती...अभी कम-से-कम अपनी कमअक्ली और किस्मत को दोष देता तकलीफ भुला तो सकता ही है। खैर, उसका लड़का सुखीराम तो पढ़ सकेगा। आज़ाद मुल्क की खुली हवा में पढ़-लिखकर बड़ा आदमी बनेगा। उसे सुखीराम के लिए सोचना है...उसकी भलाई देखनी है। ज़ामिन मियाँ के ख़िलाफ़ बयान देने को उसका जी चाहेगा क्या ? वैसे पता नहीं...अक्सर वह इसी गुत्थी को सुलझाने में लगा रहता था...

...क्या करे बुधई, मुसलिम मियाँ गाँव में आए तो अपनी दुखतरीवाली ज़मीन देखने भी निकल पड़े। बुधई की ज़मीन पर नीम का पेड़ देखा और पटवारी से कह दिया कि इस नीम की छाँव जहाँ तक जाती है वहाँ तक की ज़मीन बुधई की हुई।

...क्या कहे बुधई। वह भूला थोड़े ही है कि बचपन में वह घोड़ा बनता था। और ज़ामिन मियाँ उस पर चढ़ते थे। उसने खिलाया है उन्हें। वह बूढ़ा होने लगा है पर कैसे भूल सकता है।

...पर क्या करे बुधई ! हालात के हाथों कभी-कभी कुछ फ़ैसले लेने पड़ते

हैं। सुखीराम की बेहतर ज़िन्दगी का सपना भी तो उसे पूरा करना है। अक्सर सोचता रहता था बुधई...वैसे अब दुखतरी में वह मुसलिम मियाँ के हिस्से में चला गया था और उसने तो यही सीखा था कि जिसका नमक खाओ उससे वफादारी दिखाओ...मुसलिम मियाँ की मेहरबानियाँ भी तो बढ़ती जा रही थीं...

उसे तो सुखीराम का जीवन देखना था। वह उसे लेकर स्कूल के फाटक पर चला जाता था और सोचता था बच्चों की इसी भीड़ में एक दिन सुखीराम भी चहकता घूमता फिरेगा...

ज़ामिन मियाँ गिरफ्तार हो गए। गाँव-भर में सन्नाटा फैला था। सब खौफज़दा थे...जब ज़ामिन मियाँ ही गिरफ्तार हो गए तो किसकी जान सलामत बचेगी। चमटोली में लोग राहत की साँस ले रहे थे...बातें कर रहे थे कि अमर शहीद रामबहादुर यादव का कहा अब सच होगा—क़ानून की नज़र में कोई छोटा-बड़ा नहीं—सब बराबर होंगे आज़ाद मुल्क में...ज़ामिन मियाँ आज़ाद मुल्क में गिरफ्तार हो गए...

कहाँ तो अन्देशा था कि बुधई अपना बयान बदलेगा और मियाँ की शामत आएगी...पर ख़बर थी कि बयान बजरंगी ने बदल दिया था...मान लिया था उसने कि रामबहादुर यादव का कत्ल मियाँ के कहने पर उसी ने किया था। बेचारे बुधई का तो नम्बर ही नहीं आया था अभी। उसे तो बस सम्मन मिला था अदालत का...और सम्मन मिलते ही उसे दारोगा रामलखन पांडे का फ़रमान मिला कि जल्द-से-जल्द थाने में अपनी शक्ल दिखावे तो दूसरी ओर हवेली से बड़की बी का सन्देशा भी आया। आदतन बुधई के कदम हवेली की ओर मुड़ गए...

पांडे दारोगा ने भी क्या दिन चुना था कि मियाँ की गिरफ्तारी की, शनिवार—उस दिन तो अदालत में पेशी हो नहीं सकती। अगला दिन इतवार और फिर सोमवार को रामनवमी की छुट्टी...यानी ज़ामिन मियाँ कुछ कर लें मंगलवार तक तो उनको हवालात की तनहाई झेलनी ही थी, जहाँ सिवाय अपने हुक्के की गुड़गुड़ाहट के पास में कुछ भी नहीं था—अगर कुछ था भी तो पांडे दारोगा की तंज़भरी बातें। मियाँ इस बात को समझ रहे थे कि वक़्त फिलहाल उनका नहीं, उनके छोटे बहनोई मुसलिम मियाँ का साथ दे रहा है इसलिए बेहतरी इसी में है कि चुपचाप समय बदलने का इन्तज़ार किया जाए।

अदालत में पेशी मंगलवार की ही तय पाई गई। फिर दोनों महारथी वकील राय बहादुर चन्द्रिका प्रसाद और खान बहादुर अतहर हुसैन आमने-सामने थे। अतहर हुसैन साहब ने ज़ामिन मियाँ की पैरवी में बोलना शुरू किया—"यह एक ऐसे कत्ल का मुकदमा है सरकार जिसका फ़ैसला एक बार हो चुका है। मुजलिम की बदनसीबी से इनके छोटे बहनोई वजीर हो गए हैं और उन्हीं ने अपनी पुरानी दुश्मनी निकालने के लिए यह मुकदमा खुलवाया है। मुकदमे का फ़ैसला फिर वही होगा जो पहले हो चुका है ! मगर क़ानूनी कार्यवाही तो पूरी करनी ही होगी...और इसीलिए इस रस्मी कार्यवाही के लिए मुजलिम का हवालात में रहना बिल्कुल ज़रूरी नहीं है ! पुलिस का रवैया तो इसी से समझा जा सकता है कि हुजूर ने जिस वारंट पर बुध को दस्तख़त किए थे उसे तीस मील का फासला तय करके थाना कासिमाबाद पहुँचने में तीन दिन लग गए, यानी एक दिन में दस मील। यह वारंट अगर चींटियों को भी दिया जाता तो वह भी शायद कासिमाबाद पहुँचने में इतनी देर न लगातीं। फिर थानेदार कासिमबाद ने सवेरे साढ़े आठ बजे वारंट की तामील की, मगर वह भी शनीचर की शाम से पहले मुलजिम को सुलतानपुर न ला सके ! दूसरे दिन इतवार था और कल रामनवमी यानी कुल मिलाकर मुलजिम को तीन दिन बिलावजह हवालात में रखा जा चुका है, इसलिए मेरी दरख्वास्त है कि मुलजिम को जमानत जल्द-से-जल्द दी जाए।

अब बारी रायबहादुर चन्द्रिका प्रसादजी के जिरह की थी—'खान बहादुर साहब ने तो और ही बातें शुरू कर दी हैं सरकार ! मैं यह मानता हूँ कि यहाँ से वारंट ले जाने में तहासुल से काम लिया गया लेकिन थानेदार क़ासिमाबाद का कोई कसूर नहीं ! मुजलिम उस थाने का सबसे बड़ा और बाअसर ज़मींदार है। थानेदार कासिमाबाद को अन्देशा था कि इसके आदमी कहीं पुलिस पार्टी पर हमला करके मुलजिम को छीन न ले जाएँ। इसलिए थानेदार कासिमाबाद ने सदर से आर्म्ड पुलिस मँगवाई और इसलिए मुलजिम को शनीचर की शाम से पहले यहाँ न लाया जा सका। सरकार इसलिए जमानत की दरख्वास्त की पुरज़ोर मुखालिफत करती है और इस मुखालिफत की दो वजहें हैं। एक यह कि मुलजिम बहुत ताकतवर है इसलिए गवाहों पर दबाव डाल सकता है और दूसरी वजह यह है कि मुलजिम का पाकिस्तान भाग जाने का सख्त अन्देशा है...और उस सूरत में उसके ख़िलाफ़ कोई क़ानूनी कार्यवाही नामुमकिन हो जाएगी। मुलजिम ने पाकिस्तान जाने के लिए पासपोर्ट के लिए दरख्वास्त भी दे रखी है।"

यह एक ऐसा प्वाइंट था जिसका कोई सीधा जवाब नहीं था। अतहर हुसैन वकील साहब चीख-चीखकर कहते रहे कि वहाँ पाकिस्तान में मुलजिम के चचाजाद भाई की शादी है...कि यह कैसे मुमकिन है कि मुलजिम अपनी सारी ज़मींदारी छोड़कर पाकिस्तान भाग जाए...

...पर जज साहब ने तो अपना फ़ैसला सुना दिया...

"अली ज़ामिन खाँ, यह अदालत तुम्हारी जमानत की दरख्वास्त नामंजूर करती है..."

ज़ामिन मियाँ को हवालात में जाना पड़ेगा...हवालात में जाना ही नहीं उनकी जमानत भी नामंजूर हो जाएगी...सो भी खान बहादुर अतहर हुसैन साहब वकील के रहते।...पता नहीं अभी क्या-क्या होना बाकी था आज़ाद मुल्क में...मैं तो ख़ैर नया हूँ एक मामूली नीम का पेड़, मगर गाँव के पुराने पर सुखाने के लिए बैठी धूप या पुराने पोखर में नहाते चाँद ने भी अठारह सौ सत्तावन के बाद यह मंज़र देखा था कि फाटक खाली है और फाटक का मालिक हवालात में। पुराने पेड़ों की पुरानी छाँव से मैंने अठारह सौ सत्तावन की वह कहानी सुन रखी है कि तिलंगे आए थे और फाटक में घुस गए थे...और अली नकी खाँ दर्द को पकड़कर ले गए थे...औरतों ने फरियादी नौहे पढ़े थे, मातम किया था...पर अली नकी खाँ दर्द गए सो लौटकर नहीं आए...काले पानी भेज दिए गए...और इक्यानवे बरस बाद फिर वही फरियादी नौहे—मातम...

4

बजरंगी ने अपना बयान बदल दिया था। अब अली ज़ामिन खाँ की जान बुधई के बयान पर टिकी थी। उसके भी अपने बयान पर टिके रहने की क्या उम्मीद थी। वैसे भी बुधई मुसलिम मियाँ के हिस्से में चला गया था। वह एक मामूली आदमी, पर उसने जो गवाही दी उसने तो केस का पासा फिर पलट दिया। चन्द्रिका प्रसाद का रटाया हुआ बयान वह अदालत के कठघरे में भूल गया। उसने ज़ामिन मियाँ का चेहरा देखा और कहा—"भगवान के हाजिर-नाजिर जान के झूठ कैसे बोली सरकार !!...हम जब शोर सुनके उधर दौड़े तो रामबहादुर हमका रस्ते मा मिलेन, भागे जात रहेन, बोले कि कोमिला और बाबूरमवा में लाठी चलत है..."

"यह गवाह डर से झूठ बोल रहा है हुजूर !"

बाबू चन्द्रिका प्रसाद चिल्लाए।

"किसके डर से हूज़ूर ! इस मुलजिम के डर से, जिसे इसका बयान फाँसी चढ़वा सकता था ? इस केस में अभी तक यही एक गवाह सच बोला है। अब चूँकि खुद सरकारी गवाह के बयान से यह बात साबित हो चुकी है कि रामबहादुर वहाँ कत्ल किया ही नहीं गया जहाँ उसके कत्ल होने के बारे में सरकार कसम खा रही है, इसलिए मैं दरख्वास्त करता हूँ कि सरकार का केस

डिसमिस किया जाए और मुलजिम अली ज़ामिन खाँ की रिहाई का हुक्म दिया जाए और सरकारी गवाह बजरंगी के ख़िलाफ़ जेरे दफा 302 की कार्रवाही करने का हुक्म भी दिया जाए, क्योंकि उसने ख़ुद इसरार किया है कि रामबहादुर यादव का कत्ल उसके हाथों हुआ था।''

अतहर हुसैन साहब अपने परवान पर थे। आख़िर क्यों न होते ? मुकदमे की जीत और अपने मुलजिम की रिहाई का वक़्त जो आ गया था।

चन्द्रिका प्रसादजी कहते रह गए कि सिविल सर्जन, बजरंगी, बाबूराम सबके बयान हुए हैं और अकेले बुधई के बयान की बुनियाद का मुकदमा खारिज कैसे किया जा सकता है।

लेकिन सब जज ने अपना फ़ैसला सुना दिया–

''यही एक गवाह है जिसने अपना बयान नहीं बदला, इसलिए इसको सच्चा नहीं मानने की कोई वजह नहीं दिखती। यह बात बहुत पहले साबित हो चुकी थी कि रामबहादुर यादव कत्ल किए गए लेकिन तब सिविल सर्जन के बयान से यह साबित हो गया था कि रामबहादुर का कत्ल बजरंगी ने नहीं किया। लेकिन अब चूँकि सिविल सर्जन ने अपना बयान बदल दिया है, जिसका मतलब यह कि बजरंगी उस रात अस्पताल में दाखिल नहीं था। ख़ुद बजरंगी ने इस अदालत के सामने इकरार किया है कि रामबहादुर यादव का उसी ने कत्ल किया है। इसलिए यह अदालत हुक्म देती है कि बजरंगी को हिरासत में ले लिया जाए और उसके ख़िलाफ़ ज़ेरे दफा 302 की कार्यवाही की जाए और सिविल सर्जन और बाबूराम पर गलतबयानी और तौहीने-अदालत के मुकदमे कायम किए जाएँ। यह अदालत इस मुकदमे को ख़ारिज़ करती है और मुलजिम ज़ामिन अली खाँ की बाइज़्ज़त रिहाई का हुक्म देती है।''

अली ज़ामिन खाँ बाइज़्ज़त बरी हो गए। गाँव मदरसा खुर्द में जो जश्न उस दिन हुआ था, आज तक लोग याद करते हैं...

लखनऊ से याक़ूत जान आई थी। आस-पास के इलाके के सारे रईस आए थे उस दिन। सुलतानपुर से कलक्टर साहब, एस.पी. साहब और जज साहब आए थे।

शहर से बिजली बनाने की एक मोटर भी आई थी और फाटक बिजली के रंग-बिरंगे कुमकुमों की चादर ओढ़े मेहमानों का इस्तकबाल कर रहा था।

सारा गाँव रोशनी देखने गया था। बड़े-बूढ़े तो बातें कर रह थे कि ऐसा जश्न तो ज़ामिन मियाँ की शादी में भी नहीं हुआ था...याक़ूत जान की आवाज़

की नज़ाकत को भूला जा सकता है भला—

तेरे आने की ख़ुशी है ऐसी
हम तेरे जाने का ग़म भूल गए।

न वो महफिल भूली जा सकती है न उसकी रौनक़। और वो एक-एक बोल पर रुपयों की बारिश...कुछ भी नहीं भूला जा सकनेवाला था।

बुधई के लिए तो वह रात और भी न भूलनेवाली थी। उस दिन का खाना वह कैसे भूल सकता है ? बिजली में बैठकर खाना खाया था उस दिन बुधई ने। यही नहीं खुद मियाँ भी बैठे थे उसके पास कुर्सी खींचकर...ज़िन्दगी में पहली बार शाही टुकड़ा खाया था बुधई ने। उस दिन तो मियाँ ने खुद इसरार करके सुखीराम के वास्ते शाही टुकड़ा और मुर्गे की टंगड़ी भिजवाई थी। मियाँ की ऐसी मोहब्बत उस पर पहले कभी उमड़ी हो, उसे याद तो नहीं आ रहा था...

उधर लखनऊ में मुसलिम मियाँ के बेटे का खतना था। ज़ामिन मियाँ तो जा नहीं सकते थे, लेकिन उनकी अम्मा को तो जाना ही था। साथ लगा दिया माँ ने बुधई को। मियाँ ने बुधई को अपने कुछ पुराने कपड़े भी दिए थे पहनने वास्ते। एकदम हीरो बनकर लखनऊ चला था बुधई बड़ी बीबी और उनकी नौकरानी जैतुनिया के साथ। लखनऊ में उसकी मुलाकात मुसलिम मियाँ से हुई। फ़ैसला सुनानेवाले सब जज साहब को भी उसने उन्हीं की कोठी पर देखा। मियाँ उस पर नाराज दिख रहे थे...

कहने लगे—

"तुझे तो मैं भूलता ही नहीं ! तू तो एक तीर की तरह मेरी छाती में गड़ा हुआ है साले...मैं तुझे भूला नहीं हूँ...तुझको यहाँ आते डर नहीं लगा बे ! ऐसा गुमान हो गया है तुझे भाईजान के बूते पर !...

मिलने-जुलनेवाले आते-जाते रहे। सो, मियाँ की बात अधूरी रह गई पर मुसलिम मियाँ के मंसूबे तो उसे कुछ-कुछ पता चल रहे थे...

न जाने कहाँ उस रात बंगले के एक कोने में आग तापते हुए उसे रामबहादुर यादव की याद आ रही थी...सोच रहा था कि मियाँ तो उनकी समाधि बनवाकर फिर कभी मदरसा लौटे ही नहीं। वे कहते थे कि आज़ादी आएगी—आजादी आ तो गई पर सूरज तो वही पुराना ही निकल रहा है.. और उस सबेरे का दूर-दूर तक कोई पता ही नहीं—

"नारियल के पेड़ों की छाँव बेचनेवालो,
बरगदों को मत काटो

पीपलों को मत छेड़ो
इमलियों को जीने दो
इनकी पत्ती-पत्ती पर धूप पर सुखाती है
इनकी पत्ती-पत्ती पर
सुबह अपनी उँगली से
अपने नाम लिखती है...

यादों के सहरा में भटकने लगा था बुधई। सोचते-सोचते उसे वहीं नींद आ गई।

इधर लखनऊ में जलसा चल रहा था मियाँ मुसलिम के घर और उधर सब जज साहब रामबहादुर यादव केस में अपना फ़ैसला सुना रहे थे–

"सरकार बनाम बजरंगी वग़ैरह में अदालत फ़ैसला करती है कि सरकार यह साबित करने में कामयाब नहीं हुई कि रामबहादुर यादव मदरसा खुर्द की चमटोली में मारे गए। लेकिन यह साबित है कि वह कत्ल किए गए और चूँकि बजरंगी अहीर इकबाली मुजरिम भी है इसलिए यह अदालत उसे उम्रकैद की सजा देती है और उसके दूसरे साथियों को, जिन्हें एफ.आई.आर. में नामजद किया था, बेगुनाह मानते हुए उनकी रिहाई का हुक्म देती है !"

ज़ामिन मियाँ खुश हो रहे थे सज़ा को सुनकर पर अतहर हुसैन साहब ने अपने लम्बे अनुभव में कुछ भाँपते हुए कहा–

"दाल में कुछ काला है मियाँ ज़ामिन ! सब जज ने बड़ा दोगला फ़ैसला दिया है। नम्बर एक यह कि बजरंगी ने कहा था कि उसने आपके इशारे पर चमटोली में रामबहादुर को कत्ल किया। अदालत ने यह बात मानी ही नहीं कि वह चमटोली में मारा गया था, तो फिर बजरंगिया का कनफेशन ही बेमानी हो गया।...और नम्बर दो यह कि सज़ा सिर्फ़ बजरंगी को क्यों हुई, एफ.आई. आर. में तो वह सब हरामज़ादे नामज़द थे...और मुझे लग रहा है कि इन्हीं बातों की बुनियाद पर चन्द्रिका प्रसाद अपील करेंगे। उधर आपने बुधई को भी लखनऊ भेज दिया है। आप यह क्यों भूलते हैं कि वह मियाँ मुसलिम का असामी है..."

लेकिन हुसैन साहब की इस लम्बी तकरीर के बाद भी मियाँ ज़ामिन इस बात पर मुतमइन थे कि बुधई नमकहरामी नहीं करेगा।

मुसलिम मियाँ ज़मींदारी और सियासत के सारे तौर-तरीके जानते थे। यूँ ही लीगी होते हुए भी कांग्रेस की सरकार में डिप्टी मिनिस्टर का ओहदा नहीं

पा गए थे। उनके और ज़ामिन मियाँ में एक बड़ा फर्क था। मुसलिम मियाँ अलीगढ़ के पढ़े हुए थे—अहले जुबान थे, समय के साथ चलना जानते थे। ज़मींदारी ऐसे चला रहे थे कि साँप भी मर जाए और लाठी भी ना टूटे। रैयतों पर जुल्म वे भी कम नहीं करते थे पर बदनाम ज़ामिन मियाँ ज़्यादा थे, क्योंकि उन्हें चिकनी-चुपड़ी बातें करनी नहीं आती थीं।

साम, दाम, दंड, भेद की नीति में पारंगत थे मुसलिम मियाँ। बुधई के बारे में उन्होंने सोचा था कि बातों की चाशनी में ही फँस जाएगा। बस उसमें थोड़ी-सी मिलावट उन्होंने पेड़ की छाँव पर ज़मीन की भी कर दी थी पर बुधई उसमें फँसा ही नहीं।

सो अब दूसरी नीति अख्तियार करने जा रहे थे मियाँ। जलसे की रात उन्होंने बुधई को बुलाया और लात-घूँसों से उसकी पिटाई करते रहे और एक ही बात रटते रहे—

"असामी मेरा और गवाही देगा ज़ामिन अली खाँ की तरफ़ से...बोल रामबहादुर का कत्ल कहाँ हुआ था।...बोल..." बुधई चुप्पियों में उनका गुस्सा और अपना दर्द बर्दाश्त करता रहा।

क्या करता बुधई, वह तो बँधुआ था। ज़ामिन मियाँ के घर का नमक इतना ज़्यादा खाया था कि उनका रटाया बयान भूल ही नहीं पाया था पर अब मिनिस्टर साहब के लात-घूँसों ने उसे यह समझा दिया कि बयान उसी का याद रखो जिसके गुलाम रहो। सलामती इसी में रहती है। बस अपने मुसलिम मियाँ से इतना ज़रूर माँगा कि मदरसा खुर्द से उसकी बीवी दुखिया और लड़के सुखीराम को भी बुला लिया जाए, क्योंकि इधर वो बयान देगा तो उधर उनकी जान की हिफाज़त कौन करेगा ? वहाँ तो ज़मींदारी ज़ामिन मियाँ की ही चलती है—सुबह उनकी होती है शाम उनकी होती है।

मुसलिम मियाँ ने उसकी यह बात मान ली और आख़िरकार बुधई वह बयान देने पर राजी हो गया जिसकी दरकार थी—

"भगवान का हाजिर-नाजिर जान के बोलत हैं कि हम त घरै मा बैयठे रहेन...दरोगाजी और मियाँ के हुकुम पर हम ऊ बयान दिहिन थे..."

ज़ामिन मियाँ के घर में फिर से फरियादी नौहा पढ़ने का वक़्त आ गया था। बुधई उनका आख़िरी वफादार था। उसकी गवाही का उनके पास कोई जवाब नहीं था...

लोगों की समझ में यह बात नहीं आती थी कि ज़ामिन मियाँ और मुसलिम मियाँ सगे खालाज़ाद भाई होते भी एक-दूसरे के जानी दुश्मन कैसे बने ?

इसको लेकर गाँव मदरसा खुर्द और लछमनपुर कलाँ में कई किस्से थे।

मुसलिम मियाँ तो ये मानते थे कि उनके भाईजान ने कदम-कदम पर उनकी मुखालफत की थी। जब उनके बाबा मरहूम और खालिसपुर के ठाकुर साहब का केस चला था तो उनके नाना मरहूम यानी ज़ामिन मियाँ के अब्बा हुजूर ने ठाकुर साहब का साथ दिया था। बात यहीं तक नहीं थी। पिछले चुनाव में तो उनके भाईजान ने उनके ख़िलाफ़ जुलाहे नुरुल हसन का साथ दिया था। बस तब से मुसलिम मियाँ अपने भाईजान से नाराज़ थे और उन्हें नीचा दिखाने का मौका ढूँढ़ रहे थे।

हालाँकि एक दूसरा किस्सा भी था, जिसके मुताबिक लोग बताते थे कि उनको यह स्वाभाव अपने अब्बा कुदूस खान से मिला था। बताते हैं कि झगड़े पालना उनका शौक था। पाकड़ के पेड़ की एक डाल के लिए खालिसपुर के ठाकुर साहब से उन्होंने बीस बरस तक मुकदमा लड़ा था।

उस मुकदमे में बताते हैं कि उनके तीन गाँव बिक गए थे, मगर वे लड़ते रहे...

ज़ामिन मियाँ के अब्बा हुजूर ने सुलह की बड़ी कोशिशें की। ठाकुर साहब से उनकी गहरी दोस्ती थी।

उनके कहने पर ठाकुर साहब तैयार भी हो गए थे कि कटी हुई डाल जोड़ी तो नहीं जा सकती पर कुदूस खाँ जो भी हर्जाना लेना चाहें ले लें और मुकदमे को रफा-दफा करें।

लेकिन खाँ साहब की तो ये जिद थी कि उन्हें तो अपनी डाल चाहिए...

...और वो डाल क्यों काटी गई थी साहब, तो वो ताजिए की राह में आ रही थी...

तो ये मुसलिम मियाँ का खानदानी शगल था झगड़े पालना, उनसे सुलह की कोशिश बेवकूफी ही मानी जाती। वे हार सकते थे पर समझौता करना उन्होंने नहीं सीखा था।

आख़िरकार फ़ैसला हो गया।

जो थोड़ी-बहुत उम्मीद बची थी, वो भी चली गई।

बुधई ने अपना बयान दे ही दिया—

"बात इ है साहब कि जान और जूता का खौफ जबान में गाँठ मार दिए

रहा...मुदा रामबहादुर यादव हमें एक्को रात चैन से सोए ना दिहिन...

रोज़ रात सपना में आके बोलत रहे कि

भाई बुधई सच-सच बता दो

...आख़िरकार हमार ईमान जाग गया—

हकीकत ई है साहब कि मियाँ हमरे सामने बजरंगी से कहिन कि रामबहादुर यादव बहुत हरहराए लगा है...खत्म कर दो साले को...

...और उस रात जब हम सोर सुनके उहाँ पहुँचे तो हम खुद अपनी आँख से देखा कि बजरंगी मियाँ के हुक्म की तालीम कर रहेन...हमरे समाने हुमच के लाठी मारिन और रामबहादुर यादव ढेर हो गए...''

खान बहादुर अतहर हुसैन साहब ने जिरह मे कोई कसर नहीं रखी। तरह-तरह के मुद्दे उठाए, लेकिन सब जज को तो सरकार का ही साथ देना था। आख़िर उन्हें ज़िन्दगी भर सब जजी थोड़े ही करनी थी। लोगों का तो यहाँ तक मानना था कि बुधई की गवाही भर की देर थी, उनका फैसला तो पहले से ही तय था...

''रामबहादुर मर्डर केस में अली ज़ामिन खाँ को उम्र कैद और बजरंगी समेत बाकी मुलजिमों को सात-सात साल कैदे-सख्त की सजा दी जाती है...''

इस फ़ैसले ने जैसे दोनों खालाज़ाद भाइयों की लड़ाई को उसके मुकाम तक पहुँचा दिया हो...लाठी मारने से पानी जुदा हो गया हो जैसे...

क्या मेरी यादें ही इतिहास बनेंगी। मैं एक मामूली नीम का पेड़ हूँ...तो क्या हुआ समय की कितनी करवटें देखी हैं मैंने—उनके बिना कोई इतिहास बन सकता है क्या ?

न जाने कितनों का भविष्य छुपा है मेरी यादों में...

मैं बुधई के दरवाज़े खड़ा समय को बीतते देखता रहा...

सन् छियालीस में उसने मुझे यहाँ लगाया था। अब सन् उन्यासी है... कितना कुछ बदल चुका है इन बरसों में। एक दुनिया टूट गई। उसकी जगह नई दुनिया बन गई...

कितने पुराने घर ढह गए—नए घर बने। जहाँ मैं हूँ पहले यहाँ बुधई की झोपड़ी होती थी—दरवाज़े पर टाट का पर्दा लटका रहता था। पर मैंने बताया न कि यह सन् छियालीस नहीं सन् उन्यासी है। अब यह बाबू सुखीराम एम.

पी. की कोठी है...

चौंकिए मत। सुखीरामजी सन् 65 के चुनाव में भारी बहुमत से एम.एल.ए. बने और इस बार तो उन्होंने ग़ज़ब ही कर दिया—77 के चुनाव में तो उन्होंने केन्द्रीय गृह राज्य मन्त्री मुसलिम खाँ साहब की जमानत ही जब्त करवा दी—एम.पी. हो गए हैं सुखीरामजी।

गाँव मदरसा खुर्द की ताकत अब ज़ामिन मियाँ का फाटक नहीं नीम के पेड़ तले यानी मेरे तले हो गया है...

सब तरफ़ रंगत बदली हुई दिखाई देती थी...

ज़ामिन मियाँ की रिहाई का वक़्त करीब आ रहा था और मुसलिम मियाँ अपनी दुश्मनी को फिर से ताज़ा करने की जुगत में लगे थे—हालाँकि उनका साथ देने के लिए वकील चन्द्रिका प्रसाद नहीं बचे थे, उनकी जगह सँभाल ली थी उनके लड़के उषाकान्त ने। उषाकान्त ये मानते थे कि पर्सनल इन्वाल्वमेंट और इमोशन वकालत के दुश्मन हुआ करते हैं। प्रोफेशन में प्रोफेशनल ही होना चाहिए। पर मुसलिम मियाँ तो पुराने ढँगवाले ही थे ना। उषाकान्त उनको समझाते रहे कि अब ज़ामिन मियाँ रिहा हो रहे हैं तो होने दीजिए। झगड़ा क्यों बढ़ाना चाहते हैं ?

वैसे भी अब जमाने को देखिए न तो आप मन्त्री हैं और दूसरी ओर सुखीराम एम.पी. बन चुका है !

लेकिन मुसलिम मियाँ कहाँ माननेवाले थे। झगड़े मोल लेना उनका खानदानी शगल जो था। उन्होंने तो साफ़ ही कह दिया—"तुम वकालत करो मियाँ। इस मिसिल मुकदमे को खोदो...बाबू चन्द्रिका प्रसाद से अच्छी मिसिल तो लखनऊ चीफ कोर्ट और इलाहाबाद हाईकोर्ट तक कोई वकील नहीं तैयार कर सकता था। वह कोई मुकदमा हाथ में लेते थे तो सुप्रीम कोर्ट तक की सोचा करते थे...

वह ज़ामिन भाईजान के छूटने के बाद का बन्दोबस्त ज़रूर कर गए होंगे। और यह भूल जाओ कि अब मैं मिनिस्टर नहीं हूँ। खैरूल बशर मदनी साहब तो पक्के मिनिस्टर हैं और उनकी बेटी इस घर में ब्याह के आई है। मेरी बहू है और होम मिनिस्टर द्वारिका बाबू मेरे गहरे दोस्त हैं। इसलिए मुझे लावारिश समझने की भूल न करो। मैं सिर्फ़ ये चाहता हूँ कि इस मिसिल में गड़ा हुआ कोई मुर्दा निकालो कि भाईजान की रिहाई के साथ ही उनका बन्दोबस्त करने की कार्रवाई शुरू की जा सके।"

"वह छूटकर आपका क्या बिगाड़ लेंगे भला !" उषाकान्त ने थोड़ी हैरत

से पूछा।

"बनाने-बिगाड़ने की बात नहीं है उषाकान्त ! मैं नहीं चाहता कि वे छूटकर आवें।"

मुसलिम खाँ की आवाज़ में वही खानदानी जिद झलक रही थी।

"लेकिन ये तो मुमकिन नहीं है।"

उषाकान्त ने एक वकील की आवाज़ में कहा। एक ऐसा वकील जो केवल क़ानून की जुबान समझता हो।

"यह तो मैं भी जानता हूँ। इसीलिए चाहता हूँ कि वे छूटते ही फिर कुछ दिनों के लिए अन्दर हो जाएँ। इधर सुखीराम के इलेक्शन पीटीशनवाला फ़ैसला भी होनेवाला है। मेरे ख्याल में फ़ैसला मेरे ही हक में होगा। इसीलिए मैं चाहता हूँ कि सुखीराम के बारे में सोचते वक़्त मुझे उनके बारे में न सोचना पड़े...वैसे जज उपाध्याय के बेटे के साथ तुम्हारी दोस्ती है, क्या मुझे यह भी याद दिलवाना होगा !"

मुसलिम खाँ का रग-रग सियासतदाँ हो चुका था। उनके हर चाल में सियासत की कोई-न-कोई पेंच होती थी, यह बात उषाकान्त जैसे नए दौर के लड़के क्या समझ सकते थे ?

आप कहेंगे कि बुधई उर्फ बुधीराम तो इस कहानी में गायब ही हो गया। इतना सब कुछ बदला। सुखीराम को सुखई न बनाने का उसका सपना साकार हुआ तो आख़िर वो क्या कर रहा था।

...तो हुआ यूँ कि जब बुधई ने ज़ामिन मियाँ के ख़िलाफ़ गवाही दी तो यह बात फैली कि मुसलिम मियाँ ने उसे नीम के पेड़ की छाँव भर ज़मीन क्या दी वह तो बचपन से लेकर जवानी तक के सारे संबंध ही भूल गया ज़ामिन मियाँ के साथ।

उस दिन, जिस दिन उसने ऐसी गवाही दी थी, लौटकर बुधई ने जो पहला काम किया था वो ये कि उसने नीम की सारी छाँव खोदकर हटा दी थी ताकि कोई उसे ये न कह सके।

...लेकिन कहाँ हटा पाया था वो उस छाँव को...

जिस रात उसने छाँव खोदी उसी रात थक गया था और तब से अपना अँधेरा ओढ़े जी रहा था...न जाने किसका इन्तजार कर रहा था।

उस दिन के बाद अपने प्यारे नीम के पेड़ की ओर उसने कभी मुड़कर

भी नहीं देखा...

बुधीराम कायदे से धुली सफ़ेद धोती-कुर्ता पहनने लगा था और रामबहादुर यादव की तरह सर पर गाँधी टोपी लगाना नहीं भूलता था। कभी-कभी उसे बड़ा अजीब लगता था। जब ज़ामिन मियाँ के लड़के सामिन मियाँ उसको चचा कहकर बुलाते थे और यही नहीं उसके बेटे के खासुलखास भी थे। सुखीराम के इशारे पर कुछ भी करने को तैयार रहते थे सामिन मियाँ।

बड़ा अजीब लगता था बुधई को।

जब वह देखता था कि उसकी बहू शारदा, उसकी बुढ़िया दुखिया मियाँ के खानदान के गहनों में लक-दक घूमती थीं। उसका सारा परिवार अब टेबुल पर बैठकर मियाँ के बर्तनों मे खाता था। एक-एक करके सब कुछ सुखीराम ने खरीद लिया था। मौके-बेमौके सामिन मियाँ आकर उन्हें बेच जाया करते थे।

बड़ा अजीब लगता था बुधई को।

आख़िर उसी ने सपना देखा था सुखीराम के बड़ा आदमी बनने का। सब उसकी तीमारदारी में लगे रहते थे।

पता नहीं क्या सोचकर बुधई उदास हो जाया करता था...

5

ज़ामिन मियाँ की सजा पूरी हो गई। वे लौट रहे थे अपने घर, अपने उस घर जिसे गाँव के लोग फाटक बुलाते थे और जिसके दरवाज़े पर उनका हुक्का कभी नहीं बुझता था। सोच रहे थे आख़िर ज़मींदारी के बिना कैसा लगता होगा उनका गाँव मदरसा ख़ुर्द...कैसी होगी उनकी बेगम और उनका लड़का सामिन अब कितना बड़ा हो गया होगा...और आख़िर लोग उसे क्या कहकर बुलाते होंगे ?

रास्ते में देख रहे थे कि गाँव की सड़क पक्की हो गई थी...पक्की हो जाने से अब काफी दूर लग रही थी...

सोच रहे थे लोग अब उन्हें क्या कहकर बुलाएँगे मदरसा खुर्द में...बुधई अब उन्हें क्या पुकारेगा...

लाइलाहा इल्ललाह...

लग रहा था कि मदरसा खुर्द ज़ामिन मियाँ के आने की ख़ुशी मनाने को तैयार नहीं था। उधर उनका ताँगा गाँव में घुसा और उधर उन्हें एक जनाजा जाता दिखा...

ज़ामिन मियाँ सोचने लगे सुबह-सुबह किसके घर ग़मी आई...लेकिन फिर

उन्हें यह भी याद आ रहा था कि मरहूम अम्मी कहती थी जनाजा देख लेने से दिन अच्छा कटता है।

उन्हें याद आया जब अम्मी जान गुजरी थीं तब वे जेल में ही थे...

खालाजान के इन्तकाल की ख़बर भी जेल में ही मिली थी उन्हें...उनके जेल में रहते-रहते कितना कुछ बदल गया...

...लेकिन सुबह-सुबह किसका जनाजा जा रहा है...

ज़ामिन मियाँ इस बात से बेख़बर थे कि उनकी बीवी पिछले काफी दिनों से बीमार थीं। सामिन मियाँ इतने पैसे नहीं जुटा पाते थे कि शहर ले जाकर अपनी अम्मी का इलाज करवा सकें। वो तो नुरुद्दीन साहब की पुड़ियावाली दवाई के सहारे ही चलती रहीं।

ऐसा नहीं था कि कोई उनकी मदद करनेवाला नहीं था। बुधई ने कई बार पेशकश की थी सामिन मियाँ से कि अपनी अम्मी को सुखीराम की जीप से शहर ले जाएँ...लेकिन वो सुखीराम की जीप में बैठने को तैयार ही नहीं हुई आख़िर तक...

...कैसे बैठ सकती थीं भला उस बुधई के लड़के की जीप में, जिसकी गवाही से मियाँ को इतनी लम्बी जेल हुई थी।

...शायद बेगम मियाँ से इस उजाड़ में नहीं मिलना चाहती थीं...किस मुँह से बताती मियाँ को कि अब ज़मींदारी चली गई है कि उनका लड़का सामिन बुधई के लड़के सुखीराम के यहाँ नौकरी करता है।

...शायद वो मियाँ को अपना मुँह नहीं दिखाना चाहती थीं...ज़ामिन मियाँ को क्या पता था कि वह जनाजा उनकी ही बीवी का था—सामिन की अम्मा का !

ज़ामिन मियाँ जब घर पहुँचे तो वहाँ सन्नाटा था। उस वीराने को देखकर उन्हें रोना आ रहा था...पर कोई कन्धा ही नहीं दिख रहा था जिसके सहारे वो दो घड़ी रो लेते !

मियाँ आँगन में गए। वहाँ उन्हें औरतें ही औरतें दीखीं पर अपनी बेगम नहीं दिखीं। अलबत्ता एक जवान औरत ने आकर सलाम किया। पूछने पर पता चला कि सामिन की दुल्हन थीं—रब्बन।

...पर मर्द कोई नहीं दिखा। घर दरवाज़े की मुर्दनी से ही शायद मियाँ ने अन्दाजा लगाया कि जानेवाली उनकी बीवी ही थी। मियाँ बस इतना ही बुदबुदा सके—

'उसे भी आज ही जाना था।'

इतना कहकर ज़ामिन मियाँ वहीं बैठ गए।

हैरत हो रही थी ज़ामिन मियाँ को, वाकई कितना कुछ बदल गया इन बरसों में। उम्रकैद में तो सचमुच एक उमर निकल गई। उनका लड़का सामिन बुधई को चाचा कहकर बुलाता था। वक़्त की ही तो बात है। वे ज़मींदार थे और उनका लड़का बेगार। हाँ, इतना ज़रूर था कि सुखीराम को सामने भैया कहता था और बदले में सुखीराम उसे सामिन मियाँ कहकर बुलाता था और साथ में बैठने की कुर्सी भी देता था। बहुत दीवारें गिर गईं इन बरसों में मदरसा खुर्द में।

मियाँ धीरे-धीरे समझ रहे थे कि गाँव में रहना है तो बदली हुई हवा के साथ ही चलना होगा। सुखीराम भले ही उनके बेगार का लड़का हो, पर है तो एम.पी.। और वो भी मुसलिम मियाँ की जमानत जब्त करवाकर एम.पी. बना था। समय की यही माँग थी कि नए रिश्ते की बुनियाद डाली जाए। पुराने रिश्ते तो सारे आज़मा चुके...

उन्होंने सुबह के चाय का सुखीराम एम.पी. को न्यौता भिजवा दिया या हो सकता है सुखीराम ने खुद ही यह ख़बर भिजवाई हो पर हुआ ये कि एक दिन अहले सुबह सुखीराम चाय पीने और खजूर खाने ज़ामिन मियाँ के दरवाजे पर आ धमके। सुखीराम ने मियाँ को ये याद दिलाया कि उन्होंने जो स्कूल नहीं खोला होता तो सुखीराम कुछ भी नहीं बन पाता। यह उनका न सिर्फ़ सुखीराम पर बल्कि समूचे गाँव पर बहुत बड़ा अहसान था। साथ ही उन्होंने यह भी याद किया—

"आपके आशीर्वाद से हम यहाँ तक आए हैं। लेकिन मुसलिम मियाँ को मैं कभी माफ नहीं कर सकता। उन्होंने बाबू को जूता मारके झूठी गवाही दिलवाई। पता है आपको, बाबू ने उस गवाही के बाद नीम के पेड़ के नीचे बैठना ही छोड़ दिया। अब मैं आपसे केवल इतना कहने आया था कि मैं तब तक दम नहीं लूँगा जब तक मुसलिम मियाँ की समाधि न बना दूँ। बस आपका आशीर्वाद चाहिए।"

ज़ामिन मियाँ ने बहुत जल्दी वक़्त की नब्ज पकड़ ली थी। सुखीराम तो उनके नाम एक पेट्रोल पम्प भी करना चाह रहा था। उनका मकसद तो अपने खालजाद भाई मुसलिम मियाँ से बदला लेना था। जिनकी वजह से उनको उम्रकैद हुई...उनका लड़का सामिन बेगार बना और उनका पोता हैदर...

नहीं, उन्हें उसका भविष्य भी देखना है...और इसके लिए बदले हुए वक़्त

को समझना निहायत ज़रूरी था। वक़्त बहुत कम बचा था और कितना कुछ करने को बाकी था...

चुनाव फिर से सर पर आ गया था। ज़ामिन मियाँ की बेगम के चालीसवाँ के मौके पर मुसलिम मियाँ अपने लड़के अच्छन, बहू शहनाज़ और बेगम कुबरा के साथ मदरसा खुर्द आए। आख़िर उनकी बहन का चालीसवाँ था। आए तो मुसलिम मियाँ चालीसवें के मौके पर लेकिन टिक गए ससुराल में और लग गए चुनावी दाँव-पेंच में। इतना आसान कहाँ रह गया था चुनाव जीतना उनके लिए...

उनकी बहू शहनाज़ ने तो सलाह तक दे डाली थी कि वे अपनी कान्सटीचुएंसी बदल लें, क्योंकि...

"मैं इस इलेक्शन में आपके डायरेक्ट दुश्मनों की लिस्ट बता देती हूँ। सबसे पहला नाम है मिस्टर सुखीराम एम.पी., दूसरा ज़ामिन अली खाँ यानी आपकी खाला के बेटे और आपकी मरी हुई बहन के हसबैंड। तीसरे उनका बेटा मिस्टर सामिन अली, द ग्रेट सोशल वर्कर और चौथे गाँव के वे लोग जिनका काम आपने किया नहीं या नहीं कर सके। या यह समझ लीजिए जिससे आप बिजी होने की वजह से इलेक्शन के बाद एक बार भी नहीं मिल सके..."

पर मुसलिम मियाँ ने इतना ही जवाब दिया—

"अभी बच्ची हो ! अबकी भी इंसाअल्लाह यह सीट मैं ही निकालूँगा तुम देखती जाओ !"

देख तो मैं रहा था...मैं नीम का पेड़ और मेरे साथ-साथ देख रहा था मदरसा खुर्द गाँव। क्या-क्या कुछ बदलता रहा। एक चुनाव हुआ था आजादी के पहले जब ज़ामिन मियाँ ने मुसलिम मियाँ की मुखालफत की तो बदले में उन्हें उम्रकैद मिली...बागडोर अगली पीढ़ी ने सँभाल ली पर दुश्मनी इस चुनाव में भी दोनों भाइयों की ही निकलनेवाली थी। मियाँ मुसलिम मदरसा खुर्द यानी अपनी ससुराल में टिककर अपना वजन तौलने में लगे थे तो फाटक में बस इस बात को लेकर परेशानी थी कि अब न ज़मींदारी रही न वो शानो-शौकत ही, फिर भी रोज़-रोज़ कबाब और इस्टू का खर्चा आख़िर कब तक उठाना पड़ेगा। ज़ामिन मियाँ तो सियासत समझते नहीं पर सामिन मियाँ को लेकर सरगोशियाँ

हो रही थीं कि सुखीराम, अब मैं तो उसे एम.पी. कहने से रहा, कुछ भी हो है तो मेरा हमउम्र ही, उसे एम.एल.ए. का टिकट दिलवाना चाहता था। भइया मैंने तो पुराने लोगों से सुन रखा है कि चौदह साल में घूरे के भी दिन फिरते हैं। मदरसा खुर्द के फाटक के दिन भी फिरनेवाले लगते थे। हो भी क्यों नहीं सामिन मियाँ के अब्बा से पूरा गाँव खौफ खाता था तो उससे सारा गाँव मोहब्बत करता था और खुद वो सारे गाँव से मोहब्बत करता था। दूसरी ओर मुसलिम मियाँ के लड़के अच्छन मियाँ से तो कोई उम्मीद करना बेमानी ही था, सारा दिन लड़कियों की फिराक में रहता था। अलबत्ता उसकी बहुरिया शहनाज़ खुद सियासतदानों के परिवार से आती थी और थोड़ी-बहुत दखल सियासत में भी रखती थी। अपने ससुर की लाड़ली तो थी ही और वो क्या कहते हैं एडवाइजर भी। जो भी हो मुझे तो लग रहा था कि इस साल कुछ-न-कुछ हो के रहेगा...

बुधीराम की पीड़ा दूसरी थी। पहले तो उसके लिए यह समझ पाना ही मुश्किल था कि हिन्दुस्तान-पाकिस्तान दो अलग मुल्क हो गए। उसके दोस्त होते थे मदारन मियाँ जो पाकिस्तान चले गए थे। जब वहाँ जी न लगा तो हिन्दुस्तान वापस आ गए मदरसा खुर्द में। अब साहब आए तो थे वीसा लेकर, लेकिन उनका जी कर रहा था कि अपने गाँव में ही रह जाएँ। और तब उनके दोस्त बुधई का लड़का एम.पी. है तो उसकी इनायत रहे तो वीसा की मियाद बढ़ भी सकती थी।

बुधीराम की पीड़ा यही थी कि वह अपनी तरफ़ से तो मदारन मियाँ को जबान दे चुके थे पर सुखीराम उनका लड़का उनकी इस पीड़ा को कहाँ समझता था। चुनाव सर पर था। मुसलिम मियाँ गाँव में डेरा जमाकर बैठे थे, ज़ामिन मियाँ जेल से छूटकर आ चुके थे। बजरंगी भी गाँव में अपनी सजा काटकर आ चुका था। ऐसे में वह अपनी सीट बचाने की जुगत करने में लगा हुआ था और दूसरी ओर बुधीराम तो बस यही रट लगाए हुए थे कि मदारन मियाँ को गाँव में रहने देने के लिए सुखीराम कुछ कोशिश करे। अब कौन समझाए उन्हें कि एक पाकिस्तानी की चुनाव के मौके पर मदद करना पता नहीं सियासत को क्या-क्या रंग दे दे !

पर बुधीराम तो आहें भरते हुए बस यही कहते रहते थे—"सब कुछ मिल गवा, इज़्ज़त अयसी कि न जाने कौन-कौन पाँव छुअत है और चले जात है...बस नाही पाएन तौ नीम के पेड़ की ठंडक और बेटे का सुख..."

अब कौन समझाए उन्हें...

6

सत्ता का अपना एक नशा होता है और अपनी ज़ात भी। जो भी उस तक पहुँचता है उसकी ज़ात का ही हो जाता है। जो उसकी रंगत में नहीं रँगना जानता है वह उस तक कभी नहीं पहुँच सकता। कभी नहीं पहुँच पाता। उस तक पहुँचने के लिए उसकी ताकत को ही सलाम करना पड़ता है।

अब कौन समझाए बुधीराम वालिद सुखीराम एम.पी. को ! कहते हैं न ताकतवरों के ऐब नहीं होते, उनके शौक होते हैं। अवाम जिसे गुनाह समझती है वो तो इनके शौक हुआ करते हैं।

कभी जो लाला ज़ामिन मियाँ के हुक्के की चिलम भरा करते थे। भले ही ज़ामिन मियाँ की ज़मींदारी चली गई पर उनकी ही ज़मीन से लाला ज़मींदार बन बैठे और मौका मिलते ही सुखीराम के राज़दार बन बैठे। सामिन मियाँ कभी सुखीराम का दाहिना हाथ होता था पर उसमें एक ही ऐब थी कि हराम के पैसे के लेन-देन में नहीं पड़ता था। अब सियासत मेहनत और ईमानदारी का खेल तो रह नहीं गया। गाँधीजी का जमाना तो रहा नहीं और गाँधी को भी जो घनश्यामदास बिड़ला और सेठ जमनालाल बजाज का पैसा न मिला होता तो क्या खाक सियासत कर पाते। लेकिन सामिन मियाँ तो दूसरी ही मिट्टी का बना था।

बुधई को भले ही जमाने का चलन समझ में न आता हो पर ऐसा न था कि उसे ये भी न समझ में आए कि उसकी बीवी दुखिया गहनों से लकदक कैसे घूमती थी। सुखीराम अकूत संपत्ति जुटाता जा रहा था। इतना तो वो भी समझता था कि एम.पी. बनने से कोई कारू का खजाना हाथ नहीं लग जाता। एम.पी. तो जनता के सेवक होते हैं। ये अलग बात है कि वे सेवा के बदले मेवा खाने में लग जाते हैं। बुधई जितना ही इस गुत्थी को खोलने की कोशिश करता उतनी ही उसकी उलझन बढ़ती जाती।

कादीपुर के ठाकुर रघुवीर सिंह के लड़के सत्येन्द्र से कत्ल हो गया। ठाकुर साहब सुखीराम के यहाँ पहुँचे। लालाजी ने सौदा किया कि अगर वे ढाई बीघेवाला आम का बाग सुखीराम के नाम कर दें तो मामला समझें फाइलों की ठंडक में दफन हो जाएगा। यह बात बुधई के कानों तक पहुँची। बुधई को तो यह भी पता चल चुका था कि सुखीराम को अब सामिन मियाँ की सोहबत पसन्द नहीं। तो एक दिन उन्होंने सुखीराम से सवाल-जवाब कर ही लिया—

"ई सामिन मियाँ की ई तरह बेइज्जती काहे की जात है !" बुधई ने गुस्से में पूछा।

"कैसी बेइज्जती, उनकी कोई बेइज्जती नहीं की गई !"

सुखीराम ने जवाब दिया।

"उन पर से भरोसा उठावै का मतलब !"

बुधई ने सवाल जड़ा।

"यह मेरा जाती मामला है।"

सुखीराम ने जवाब दिया।

"जब ऊ तुहरे एलेक्शन मा दिन-रात काम किहिन तो ऊ तोहार जाती मामला नाहीं रहा !"

बुधई के सवाल खत्म ही नहीं हो रहे थे।

"उसके बदले में मैं उन्हें ज़रूरत से ज़्यादा प्यार और इज्जत दे चुका हूँ !" सुखीराम सधी आवाज़ में बोला।

"वाह रे मोर एम.पी.जी., सरकार से कहिके प्यार और इज्जत के लिए एक राशन की दुकान काहे नाहीं खुलवाय देत है ! सुखीराम तुमरा नाम जिन्दा रखै की खातिर हमका कितनी हजार बार मरै का पड़ा है। कितना जूता और

लात खावा है कि तुम कहीं सुखई न बन जाओ ! कितनी बार ईश्वर के आगे माथा टेका है, कितनी बार ताजिया के सामने इमाम हुसैन से तुमका बड़ा आदमी बनावै के लिए दुआ माँगा है ! मत भूलो सुखीराम अगर सामिन के बाबा ज़ामिन मियाँ न चाहते तो गाँव मा स्कूल नाहीं खुल सकत रहा !''

बुधई का गुस्सा बढ़ता जा रहा था।

''तो इसके बदले में मैं उनके बिटवा सामिन को अपना बाप बना लूँ।''

सुखीराम एक सफल सियासतदाँ की आवाज़ में बोल रहा था।

''सुखीराम। जबान को लगाम देव ! हम जानित हैं सुखीराम तुम सामिन मियाँ का काहे काट रहे हौ। तुम डरते हो उसकी ईमानदारी से ! मगर तू उनका अपने साथ रखतेव तौ तुम ठाकुर रघुवीर सिंह का बाग मुफ्त में नहीं पा सकत रहेव और जौन चीज़ मुफ्त आवै ओका रिश्वत कहत हैं।''

बुधई गुस्से से काँप रहा था।

''मैंने कोई रिश्वत नहीं ली !''

सुखीराम ने संक्षिप्त जवाब दिया।

''तू न सही तुहरे बिचौलिया तुहरे लाला तो लिहिन और तुम्हारी जानकारी मा ई रिश्वत ली गई है !''

सुखीराम के सवाल खत्म ही नहीं हो रहे थे।

''मेरी जानकारी में कोई लेन-देन नहीं हुआ। हो सकता है ठाकुर साहब ने ख़ुश होकर लाला को तोहफा दिया हो ! तोहफा और रिश्वत में बहुत फरक है बाबूजी !''

सुखीराम सफाई दे रहा था।

''कऊनो फरक नाहीं ! ई रिश्वत के बहुत नाम है सुखीराम ! कहूँ तोहफा है, कहीं नज़राना है, कहूँ परजेंट और हूँ बस यूँ ही ले आया !''

बुधई अपने बरसों के अनुभव की जुबान बोल रहा था।

''जिस पैसे को आप गाली दे रहे हैं न बाबूजी, उसी पैसे के आगे गुलामों की तरह दुनिया झुकती है !''

सुखीराम ने साफ़-साफ़ जवाब दिया।

''चाहे ऊ पैसा कातिल को छुड़ाए के ही आवा होय !''

बुधई का तीखापन बढ़ता जा रहा था।

''अगर आपको मेरी मेहनत की कमाई हराम की लगती है तो अब तक आपने जो खाया है उसे उलट दीजिए, हलक में उँगली डालकर उलटी कर दीजिए !''

सुखीराम कहता हुआ चला गया। एक निर्णायक जवाब था उसका अपने बाप को।

बुधई फूट-फूटकर रो रहा था और अपने-आप से बातें कर रहा था—

"हमका ईश्वर पैदा एही दिन के लिए किए है न कि हम डाँट और गाली खाई...कबहूँ मियाँ लोगन की, कबहूँ अपने बेटवा की ! हमारे नसीब में सुख नहीं, न अपने बेटवा का और न अपने हाथों से लगाए गए नीम के पेड़ का।"

बुधई बुधीराम भले हो गया था इन बरसों में धोती-कुर्ता बंडी पहनकर पर यह भी सच था कि वो हर तरफ़ से अकेला हो गया था। अपने गाँव में, अपने घर में। पत्नी दुखिया तक को उसके लिए फुर्सत नहीं थी। दिन-रात गहने-साड़ी के हिसाब में लगी रहती थी। सब सुखीराम के पैसों के नशे में थे।

सामिन मियाँ और सुखीराम की बढ़ती दूरी का एक कारण था—वही चुनाव। हुआ ये था कि सामिन की अम्माँ के चालीसवें के बहाने मुसलिम मियाँ पूरे खानदान समेत मदरसा खुर्द की राजनीतिक सरगर्मी को मापने लगे थे। और सुखीराम तो ये मानता था—"कौन, कब किसका है ? कौन जाने और राजनीति में तो बिल्कुल पता नहीं, कब कौन किसे धोखा दे दे ! वोट बिकते हैं, वोट देनेवाले बिकते हैं..."

फिर सामिन मियाँ और मुसलिम मियाँ के बीच ख़ून का रिश्ता था। पता नहीं कब लहू लहू को पुकारने लगे। चुनाव के मौके पर ऐसी दूरियाँ कभी-कभी ज़रूरी हो जाती हैं। जो आदमी सियासत में लम्बी पारी खेलने आया हो कम-से-कम वह तो ध्यान रखता ही है इन बातों का। भले ही सामिन ने लाख वफादारियाँ दिखाई हों। भले ही वे उसकी उस मुसलिम से नजदीकी का शक कर रहे हों जिसने ताकत मिलते ही अपने सगे खालाज़ाद भाई को उम्रकैद कराई थी और जिसकी माँ अपने शौहर को उसके बाद दुबारा देख ही न सकी। यह एक असम्भव सा रिश्ता था जिसके होने का शक पाले बैठे थे सुखीराम एम.पी.। छाँछ भी फूँक-फूँककर पीनेवाले हो गए थे सुखीराम...।

सामिन मियाँ उजड़ गए पर फिर भी दिल्ली की कहावत को सच करते दिखाई देते थे। आला खानदान की शाइस्तगी उनमें बाकी थी। एक ऐब था उनमें, अपने जमाने के चलन से नावाकिफ थे। दोस्ती, वफा जैसे लफ्ज़ों में यकीन रखते थे और किसी पर ज़रूरत से ज़्यादा विश्वास करते थे। सियासत का मतलब वे यही समझते थे जनता की सेवा लेकिन उससे क्या-क्या मेवा मिलता है, इसकी उतनी समझ नहीं थी उनको। बस क्या था, सुखीराम के

इस व्यवहार से दिल पर चोट खा गए। रात को सुर्ख आँखें लिए घूम रहे थे तो पत्नी रब्बन ने पूछा–

"यह एकदम से बात क्या हो गई ?"

"अगर कुछ बात हो गई होती तो फिर अफसोस क्यों होता ? बिन बात के उसने मुझ पर शक किया है। मेरी रगों में दौड़ते हुए ख़ून की शराफत पर शक किया है। खैर, अच्छा ही किया उसने अपने दिल का भेद एलेक्शन आने से पहले ही खोल दिया !" सामिन कहते हुए तेजी से घर से निकल पड़े।

7

इस कहानी में आप लोग अमर शहीद रामबहादुर यादव को भूलने लगे होंगे। सोच रहे होंगे क्या हुआ होगा उसकी समाधि का। आख़िर उनकी औलादों का क्या हुआ ? तो हुज़ूर उनकी भी एक औलाद थी रामखिलावन यादव, जो अब जवान तो हो ही गए थे और अपने बाबू के अधूरे सपनों के बोझ तले झुके रहते थे और सियासत करना अपना धर्म समझते थे। कुछ आदर्शवादी थे। भावुक आदर्शवादी। कहते थे–"मैं नहीं मानता कि हमारे बुज़ुर्गों ने हर काम अच्छा ही किया है। हमारी हर परम्परा अच्छी ही है। यह कैसी परम्परा है कि एलेक्शन में जहाँ मुसलिम वोट ज़्यादा है...वहाँ से मुसलमान एलेक्शन लड़ेगा, जहाँ ब्राह्मणों का बहुमत है वहाँ से कोई पंडित ही चुनाव में खड़ा किया जाएगा, जहाँ यादव है वहाँ से कोई यादव ही ढूँढ़कर खड़ा करेंगे। एक नहीं सभी पार्टियाँ यही करती हैं। मैं यह कहता हूँ कि मुसलिम इलाके से पंडित और पंडितों की बस्ती से कोई यादव चुनाव क्यों नही लड़ सकता। इस महान देश में यह छोटी-सी बात क्यों नहीं हो सकती !"

जब सामिन मियाँ अपने घर से निकले तो सीधा रामखिलावन यादव के घर गए। रामखिलावन उन्हें देखकर चौंका पर जब सामिन मियाँ ने कहा–

"जब एसेम्बली और लोकसभा में अपनी परम्परा को समझा हुआ युवा

वर्ग चुनाव लड़कर पहुँचेगा तब बदलाव आएगा। मेरे फूफा मियाँ मुसलिम मियाँ जैसे नहीं कि जिन्होंने अपनी सारी वज़ारत की ताकत मेरे बाबा को कैद करवाने में लगा दी। और बाबू सुखीराम जैसे भी नहीं कि जिन्होंने परमिट दिलाने और कातिलों को छुड़वाने के लिए अपनी मेम्बरी को रख छोड़ा।''

''अरे सामिन भाई ये तुम कह रहे हो, बाबू सुखीराम के दाहिने हाथ ?''

रामखिलावन ने चौंकते हुए पूछा।

''दाहिना हाथ था इसलिए मुझे मालूम है कि बाबू सुखीराम की जेब कितनी बड़ी और भारी है।''

सामिन ने आगे जोड़ा।

यह दो आदर्शों का संगम था। दो आदर्श लेकिन एक जज़्बा—सड़ी-गली व्यवस्था को ठीक करने का। दोनों गले मिले इस विश्वास के साथ कि शायद उनके कांस्टिचुएंसी में तो इससे बदलाव आएगा, बाकी बदलने के लिए अभी काफी उम्र पड़ी थी।

सुखीराम इस सबसे बेख़बर था। अपने चमचों की फौज से घिरा सत्ता के मद में चूर !

सुखीराम की मुसीबतें खत्म होने का नाम ही नहीं ले रही थीं। सारी आफतें आख़िर इलेक्शन के वक़्त ही क्यों घेर रही थीं उसको।

हुआ ये कि शहर की एक अजनबी औरत का कत्ल गाँव मदरसा खुर्द के पास जंगल में हो गया। बिना किसी मतलब के शहर से इतनी दूर तो मर्डर नहीं हुआ होगा। यह बात तो गाँव का बच्चा-बच्चा समझ रहा था तो फिर भला दारोगा हशमत तो नासमझ नहीं हो सकता था। उसने तो लाश की शिनाख़्त के लिए पूरे गाँव को ही बुलवा लिया। यहाँ तक कि सुखीराम एम.पी. को भी नहीं छोड़ा उसने और न ही बूढ़े ज़ामिन मियाँ को।

गाँव में दबी जुबान में चर्चा भी हो रही थी। चर्चा थी कि शहर से एक औरत आई थी कमलिनी सुखीराम के घर। उसके नौकर मंगल से उसने तो खुद ही कहा था—

''जाकर कहो अपने मालिक से उनकी पत्नी आई है !''

मंगल ने बाद में अपनी पत्नी दुलारी को बता दिया और बात उनके घर तक पहुँच गई।

उसकी माँ दुखिया ने उससे पूछ ही लिया—

''ई हम का सुनित है सुखीराम ! तू दूसर बियाह कर लिए ? सुना है इहाँ आ भी गई !''

सुखीराम ने बहाना बनाते हुए कहा–

"कैसी बात करत है अम्मा, अपनी देवी जैसी बीवी को छोड़कर दूसर औरत को देखे का का मतलब ? ऊ दिल्ली के एक सेठ की लड़की है। सेठजी उनका हमरे लगे भेजिन हैं ! सेठजी एक मिल लगावा चाहत है, मिल का परमिट चाहत हैं। इतने चालाक कि परमिट के बदले अपनी लड़की भेजिन हैं और कुछ रुपया-पैसा भी देइहें। मुला हम हूँ अपने बाप के बिटवा बेईमानी से कौनो हमसे कटाइ नाहीं सकत, चाहे सोना मा तौल दे। भगा दिया ससुरी का।"

सुखीराम की माँ तो समझ गई पर दुनियावालों को अगर पता चल गया तो उनको कौन समझाता फिरेगा। फिलहाल तो डाकबंगले में पर है, बात कब तक छिपेगी ! उधर इलेक्शन सिर पर है और इधर एक-के-बाद मुसीबत घेरा डाल रही है। सुखीराम को लाला की याद आई। सुखीराम ने लाला को सारा मसला समझाते हुए कहा कि किसी तरह कमलिनी को पटाकर वह दिल्ली वापस जाने के लिए राजी कर ले और अगर बजरंगी तैयार हो जाए तो रास्ते में उसे इतना डरा-धमका दिया जाए कि वह दुबारा भूलकर भी मदरसा खुर्द का रुख न करे। इसके लिए बजरंगी चाहे जितना पैसा माँगे उसे दे दिया जाए।

लाला बजरंगी के पास एक लिफाफा लेकर पहुँचे। जेल से लौटकर बजरंगी यही काम करता था। उधर सुखीराम ने कमलिनी को जाकर समझाना शुरू किया–

"ऐसा करो अभी तो तुम दिल्ली जाओ। मैं कम-से-कम एक एयरकंडीशन कमरा यहाँ बनवा लूँ या इस इलेक्शन के बाद इस गाँव का मकान वग़ैरह बेचकर दिल्ली आ जाऊँ और फिर हम सब वहीं ठाठ से रहेंगे। फिलहाल मैंने तुम्हारे जाने का पूरा इन्तजाम कर दिया है। सबेरे गाड़ी से मेरा अपना आदमी तुम्हें लखनऊ ले जाकर दिल्ली की फ्लाइट पर बिठा आएगा। टिकट वग़ैरह का इन्तजाम वही कर देगा। मेरी दो-तीन गाँव में कई मीटिंग फँसी हुई हैं, इसलिए मैं तुम्हारे साथ नहीं जा सकूँगा। जो आदमी तुम्हें ले जाएगा, वह रिलायबल है।"

कमलिनी तैयार हो गई।

सब कुछ आराम से हो जाता पर पूरी प्लानिंग में एक चूक हो गई। बजरंगी को फिट किया गया था कमलिनी को डराने-धमकाने के लिए और

उसने उसकी जान ही ले ली। बकौल बजरंगी–

"मारा तो हमहूँ न चाहत रहेन, मुदा बातें अस पड़ गईं। हम कहा माल निकालो अउरो ऊ बोली मैं पहचान गई तुम सुखीराम के आदमी हो। बस का करैं, गटई दब गई। मेमसाहब वैसे बच गई होती तो मामला पुलिस में ज़रूर ले जाती। सबका बचाव का रहा।"

सबकी जुबान पर चुप्पी थी पर अन्दर-ही-अन्दर सब कयास लगाते रहते थे। इस बीच हुआ ये कि हशमत अली दारोगा का भी तबादला हो गया। हत्या का मामला उलझता ही जा रहा था। गाँव में तो बात कानों-कान फैल रही थी, जुबान पर कोई नहीं लाना चाहता था। सब जानते थे कि बात एक-न-एक दिन तो खुलेगी ही। बस सबको उस दिन का इन्तजार था...

मैं नीम का पेड़, देख रहा हूँ कि मैं तो तवारीख जीता जा रहा था। जिन्दा इतिहास हूँ मैं। पर तवारीख लिखनेवाले मुझ जैसों की आवाज़ की कद्र ही कहाँ करते हैं। मैं देख रहा था कि बड़े मियाँ तो बड़े मियाँ छोटे मियाँ सुबहान अल्लाह ! यानी हमारे सुखीराम भाई ने तो मुसलिम मियाँ के भी क़ान कतर लिए। यकीन मानिए उनसे दस जूते आगे हैं हमारे सुखीराम एम.पी.। सबका मुँह बन्द कर दिया, एक दारोगा से उम्मीद थी वह भी गया।

...लेकिन मैं तो इससे परेशान हूँ। शाम के वक़्त तो आपने भी महसूस किया होगा कि शाम ढलने लगती है तो साए लम्बे होते जाते हैं और साए जब कद से ज़्यादा लम्बे हो जाते हैं तो सूरज डूब जाता है। सुखीराम का कद भी हर शाम छोटा होता जा रहा है, कहीं इसकी तकदीर का सूरज डूबनेवाला तो नहीं ? इसलिए कि सुखीराम की हुकूमत में मेरे साए की ठंडक खत्म हो गई है। दौलत के नशे से लेकर भाँग के नशे तक ऐसा कोई नशा नहीं है जो मेरे साए में बैठकर न किया जाता हो। मैं तो परेशान हूँ कि आख़िर क्या होगा सुखीराम का...

इलेक्शन की घोषणा हो गई। नेताओं को तो लगता था जैसे बिजली का तार छू गया हो। सब दिल्ली की ओर भाग रहे थे। मुसलिम मियाँ, सुखीराम तो पहले ही भागे दिल्ली, अपनी-अपनी पार्टी से अपना टिकट पक्का कराने। पर मुसलिम मियाँ की पार्टी से तो खास बुलाहट आई अमर शहीद रामबहादुर यादव के लड़के रामखिलावन यादव को और पाटी में नए-नए आए अली

सामिन खाँ को। मुसलिम मियाँ पर तो जाँच आयोग बैठा हुआ था। हालाँकि उनके समधी रिज़वी साहब पार्टी के वरिष्ठ नेता थे पर कुछ उम्मीद बनती दिखाई नहीं देती थी। मुसलिम मियाँ दुहाई देते रहे। लाख कहते रहे–

"अरे किस बड़े आदमी पर उल्टे-सीधे इलज़ाम नहीं लगाए जाते। किसके बारे में अफवाहें नहीं उड़ाई जातीं। कौन मिनिस्टर इससे बचा होता है। लेकिन इसका मतलब ये तो नहीं कि उसे पब्लिक लाइफ से ही बाहर कर दिया जाए।"

पर पार्टी ने तो अपना फ़ैसला सुना दिया। फिलहाल मुसलिम मियाँ को संगठन का काम देखना चाहिए। जब तक कमीशन उनके बारे में कोई फ़ैसला नहीं कर लेता तब तक उन्हें फील्ड से बाहर ही रहना चाहिए। पार्टी ने दो अहम फ़ैसले और किए। एक तो यह कि अमर शहीद रामबहादुर यादव के लड़के रामखिलावन यादव को मुसलिम मियाँ की जगह एम.पी. का टिकट दिया जाए और एम.एल.ए. का टिकट अली सामिन को। दोनों युवाओं को मौका दिया पार्टी ने। आख़िर मुकाबला भी तो युवानेता से ही था, सुखीराम एम.पी. से।

मुसलिम मियाँ चुनाव प्रचार से दूर ही रहे। सुखीराम पर चुनाव भारी पड़ रहा था। कमलिनी हत्याकांड, झोपड़ी से महल तक का सफर सारे मुद्दे एक-एक करके उठाए जा रहे थे। हवा नए लोगों की ओर साफ़-साफ़ बहती दिखाई दे रही थी। सुखीराम दबे-कुचलों को ऊपर उठाने की बात कर रहे थे, लेकिन सब समझते थे कि पिछले पाँच सालों में उन्होंने अपने अलावा किसी दबे-कुचले को ऊपर नहीं उठाया। दूसरी तरफ़ रामखिलावन-सामिन की जोड़ी का नारा था कि इस देश का नवयुवक जब तक सही दिशा में आंगे नहीं बढ़ता तब तक यह देश आगे नहीं बढ़ सकता।

जनता ने बदलाव की दिशा में जाना ही उचित समझा। रामखिलावन यादव एम.पी. बन गया और सामिन मियाँ एम.एल.ए.। मदरसा खुर्द में जश्न का माहौल था।

बस उस रात वहाँ से बहुत दूर लखनऊ में मुसलिम मियाँ अपनी बहू शहनाज़ की इस नसीहत पर गौर फरमा रहे थे और अँधेरे कमरे में बैठे हुक्का गुड़गुड़ा रहे थे–

"सियासत का एक उसूल यह भी है कि किसी से इतनी दूर भी न जाओ कि वक़्त पड़ने पर पास न आ सको।"

सारा गाँव चुनाव के जश्न में लगा था, लेकिन बुधई खामोश अपने कमरे में बैठा था। वह तो चुनाव के जलसों में भी कहीं नहीं गया था। बस यही

सोचता रहता था कि उसकी परवरिश में क्या चूक हो गई। उसके लड़के सुखीराम में और मुसलिम मियाँ में क्या फर्क रह गया आख़िर।

जश्न की रात थी। बड़े फाटक को लीप-पोतकर दुल्हन की तरह सजाया गया था। लेकिन इस बार जश्न न तो रामखिलावन के दरवाज़े पर होना था न बड़े फाटक पर, ये जश्न हो रहा था स्कूल के सामने के मैदान में। यह पूरे गाँव की जीत थी। गाँववालों की उम्मीद थी कि उनकी आवाज़ दिल्ली-लखनऊ तक जाएगी।

ज़ामिन मियाँ इस सारे जश्न के अँधेरे में हवेली में तनहा बैठे थे। ख़बर आई कि उनकी तबीयत अचानक बिगड़ गई है। सब लोग भागे। रामखिलावन ने कहा लखनऊ ले चला जाए, बढ़िया डॉक्टर से सारा इलाज हो जाएगा वहाँ। ज़ामिन मियाँ ने सबको मना कर दिया। उन्होंने ख्वाहिश जताई कि कब्रिस्तान जाना है अपनी बेगम की कब्र पर फातिहा पढ़ने—

उनके लिए रिक्शा मँगाया गया। जाना तो वे अकेले चाहते थे पर सामिन जिद करके उनके साथ हो लिया। वे कब्रिस्तान गए, फातिहा पढ़ा। अपनी बेगम से बुदबुदाते हुए बोले—

"मेरे सारे काम खत्म हो गए। सारे अरमान पूरे हो गए। तुम्हारा बेटा बड़े फाटक की इज्जत और आबरू वापस ले आया है। मगर अभी मेरे जेल के दिन, जेल में काटी गई उम्र वापस नहीं आई है जो हमने तुमने तन्हा गुजारी है, सिर्फ़ अच्छे दिनों के इन्तजार में। मेरा इन्तजार खत्म हुआ...बस आता हूँ।"

सामिन अपने अब्बा को तन्हा छोड़कर चुपचाप पीछे लौट आया। वह समझता था अपने अब्बा की तन्हाई को। अपमान की घुटन में जीते-जीते कितने बरसों बाद यह मौका आया था कि वे ख़ुश हो सकें। गर्व से अपना सीना तान सकें। सर उठाकर चल सकें। हवेली की दीवारों पर ख़ुशी के रंग बिखेर सकें। लेकिन कौन था जिससे वे अपनी ख़ुशी बाँटते...

अपनी बेगम से सुख-दुख के दो बोल तो उसके जीते-जी भी बीस बरसों तक नहीं बोल पाए। वे जेल की दीवारों के पीछे घुटते रहे और उनकी बेगम हवेली की दीवारों के पीछे दिन गिन-गिनकर घुटती रहीं। दुबारा देख भी नहीं पाए एक-दूसरे को।

कम-से-कम आज के दिन वे अपनी बीवी का चेहरा देखना चाहते थे। देखना चाहते थे उसके चेहरे पर ख़ुशी की लकीरों को। एक बार और...

कम-से-कम एक बार और देखना चाहते थे कि जब ख़ुश होती है तो उसका चेहरा कैसा लगता है !

सामिन अपने अब्बा को छोड़कर चुपचाप पीछे खड़ा था...और ज़ामिन मियाँ कब्रिस्तान में यादों के जंगल में घिरे अपनी बीवी को ढूँढते रहे। फिर अचानक उठे और बिना कुछ देखे पीछे चल पड़े अपनी हवेली की ओर। हवेली जिसे मदरसा खुर्द में फाटक पुकारा जाता था। उसी फाटक की रौनक देखने।

उनकी ज़िन्दगी में पहली बार ऐसा हुआ था कि उनकी ख़ुशी में पूरा गाँव शामिल था, किसी भय से नहीं प्यार से...राजनीति की दोस्ती और दुश्मनी दोनों का ही कुछ ठिकाना नहीं होता। कब कौन किसका दुश्मन हो जाए, फिर किसकी दुश्मनी कब किसको किसका दोस्त बना जाए। राजनीति के रिश्तों का ताना-बाना ही कुछ ऐसा होता है, उसे सिर्फ़ वही समझ सकते हैं जो राजनीति में थोड़ा-बहुत दखल रखते हों। वर्ना आप तो सर ही पीटते रह जाएँगे।

किसने सोचा था कि सामिन की अपने सुखीराम भइया से दुश्मनी हो जाएगी, पर हुआ। और हुआ क्या, ऐसा जमकर हुआ कि सुखीराम चारों खाने चित्त नज़र आने लगे। लोकसभा की मेम्बरी क्या गई गाँव में रुतबा ही चला गया। बरसों पहले जब मुसलिम मियाँ ने अपने बड़े भाई अली ज़ामिन खाँ की खाट खड़ी करने के लिए रामबहादुर यादव को अमर शहीद रामबहादुर यादव का दर्जा दिलवाया था और अली मोहसिन स्कूल का नाम उन्हीं अमर शहीद के नाम पर करवा दिया था तो क्या उन्होंने सोचा था कि ऐसा कुछ हो जाएगा कि एक दिन...

यानी उन्हीं की पार्टी से अमर शहीद रामबहादुर यादव के लड़के को न सिर्फ़ पार्लियामेंट का टिकट दिया जाएगा बल्कि खुद उनकी जगह वो एम. पी. भी बन जाएगा। फसल तो बोई उन्होंने और मुफ्त में कोई और काट के खा रहा है—रामखिलावन यादव, अमर शहीद रामबहादुर यादव का लड़का।

यही होता है। कभी-कभी राजनीति में तात्कालिक लाभ के लिए जो फ़ैसले लिए जाते हैं उसके परिणाम अप्रत्याशित रूप से दूरगामी होते हैं। इतने सालों बाद मुसलिम खाँ साहब को अपने ही फ़ैसले पर अफसोस हो रहा था। पर क्या करें रामबहादुर यादव की शहादत तो इतिहास में दर्ज हो चुकी थी।

लेकिन उनकी असली तकलीफ तो अली सामिन खाँ थे। कभी सुखीराम की चाकरी करता फिरता था। चुनाव से मात्र दस दिन पहले उनकी पार्टी में शामिल हुआ और आज एम.एल.ए. बना घूम रहा है। इससे ज़्यादा तकलीफ

की बात और क्या होती उनके लिए कि जिस ख़ानदान को मिटाने में उन्होंने अपनी पूरी ज़िन्दगी, अपनी पूरी ताकत लगा दी, जिस फाटक की वीरानी में उन्होंने अपनी शान समझी, उसी फाटक पर रोशनी की झालरें लगी थीं। फाटक की खुशहाली फिर से लौट रही थी। इस सामिन मियाँ का कुछ करना होगा, उन्होंने सोचा।

सामिन मियाँ का कुछ करना होगा। रामखिलावन यादव की परेशानी भी यही थी।

"सुखीराम से बेइज़्ज़त होकर परेशान घूम रहा था तो मैंने ही सहारा दिया। अपनी पार्टी का मेम्बर बनाया। दिल्ली सिफारिश ही नहीं की अपने साथ लेकर भी गया। यहाँ तक कि एम.एल.ए. का टिकट दिलवाया। मैं एम.पी. हूँ, लेकिन इलाके में जिसे देखो वही सामिन मियाँ—सामिन मियाँ कहता घूम रहा है। इसका कुछ-न-कुछ इलाज तो ढूँढना ही होगा।"

रामखिलावन ने अपने पी.ए. जीवन को देखा। जीवन ने भी दुहराया—

"हाँ, कुछ-न-कुछ तो रास्ता निकालना ही पड़ेगा।"

8

जीवन आज़ादी के बाद की उस पीढ़ी की नुमाइन्दगी करता था जिन्होंने दूसरों के सहारे सत्ता को साधना सीख लिया था। यानी हर सरकार में उनका सिक्का चलता था। जितनी उनको नेताओं की ज़रूरत होती थी, उससे ज़्यादा नेताओं को उनकी ज़रूरत होती थी। जो भी सत्तानशीन होता था, उसके आस-पास घूमनेवाली पौध। यह एक ऐसी जमात थी जिनका रंग समाज गें जमा रहता था। किसी का भी काम कराने को तत्पर रहते थे। ये अलग बात थी कि किसी सेवा-भाव से नहीं करते थे, बल्कि मेवा देखकर ही काम करते थे। इतनी ख़ूबी उनकी और जोड़ लीजिए कि जिसके साथ होते थे तब उनकी वफ़ादारी सिर्फ़ उसी के लिए होती थी।

तो यह काम जीवन के मत्थे था कि ऐसी कोई नायाब चाल ढूँढ़ें कि इलाके में सामिन मियाँ-सामिन मियाँ की जगह रामखिलावन भाई—रामखिलावन भाई की धूम मच जाए। कोई ऐसी तरकीब ! जीवन् इसी की तो कमाई खाता था। अपने नेता की हर मुश्किल आसान करना ही उसका कर्त्तव्य था। वह इसकी जुगत भिड़ाने में जुट गया।

सियासत भी कमाल की शै है। मैंने तो पीढ़ियाँ देख लीं यहाँ खड़े-खड़े। नीम

का पेड़ हूँ तो क्या हुआ ? क्या मैं यह नहीं जानता कि किस तरह के रिश्तों की बुनियाद पर इसकी इमारत टिकी होती है। मेरी छोड़िए, क्या आप ऐसा सोच सकते थे कि दो नौजवान एक दिन ये कसम खाएँ कि हम सियासत की गन्दगी को खत्म कर देंगे, मुल्क को नई आज़ादी देंगे और चुनाव खत्म हुए जुमा-जुमा आठ दिन नहीं हुए कि पेंच लड़ने लगी। मुझे तो लगता है कि ये सरकार चलाना आपसी रंजिश के अलावा कुछ नहीं होता है। अब तो सुनने में ये भी आने लगा है कि आपसी रंजिश से लोग सरकारें तक गिरा देते हैं। देखें अब इनकी आपसी रंजिश क्या रंग लाती है ! मेरा तो रंग उसी दिन उतर गया, जिस दिन सुखीराम एम.पी. का इलेक्शन हार गए। बुधीराम तो कब का मेरी छाँव में आना छोड़ चुके थे। अब तो मदरसा खुर्द का एक कुत्ता भी यहाँ भौंकने नहीं आता। सारी दुआ–सलाम बस ताकत रहने तक ही रहती है। लेकिन मुझे अपनी नहीं, अपने से ज़्यादा फिक्र तो इन दो नौजवानों की है, जिनसे मुझे बड़ी उम्मीदें थीं...ये मुल्क की आँखों में नया सपना भरनेवाले थे–क्या होगा उन सपनों का...

जीवन ने एक आइडिया सुझाया–

अपने गाँव में जो स्कूल है, उसका नाम अमर शहीद रामबहादुर यादव मेमोरियल स्कूल है। जबकि पहले इसका नाम अली मोहसिन स्कूल होता था। अब देखिए नाम से कुछ तो होता नहीं है। इतने सालों में असल में इस स्कूल का नाम कहाँ बदला जा सका ? आज भी लोग इसे कहते तो मियाँ का स्कूल ही हैं न। तो क्यों न आप ऐसा करें कि एक जलसे की घोषणा करें जिसमें आप अपनी तरफ़ से ये ऐलान करें कि आप इसका नाम सही करना चाहते हैं और इस स्कूल का नाम फिर से अली मोहसिन स्कूल कर दिया जाए। फिर देखिए आपके नाम के ही चर्चे होंगे हर तरफ़। लोग कहेंगे बाप शहीद और बेटा त्यागी महात्मा।''

जीवन की इस सूझ पर उसकी पीठ थपथपाते हुए रामखिलावन ने कहा–

''हाँ ! अच्छा रहेगा। लेकिन जब इस मौके पर ज़ामिन मियाँ, बुधीरामजी और मुसलिम मियाँ भी मौजूद रहें तो और भी मजा आ जाएगा। फिर कोई सामिन मियाँ का नामलेवा नहीं होगा मदरसा खुर्द में बल्कि पूरे ईलाके में। तुम्हारी इस सूझ का तो मैं कायल हो गया जीवन।''

''आगे-आगे देखिए होता है क्या !''

जीवन ने एक ज़ोरदार ठहाका लगाया।

मदरसा खुर्द के पूरे इलाके में यह बात फैल रही थी कि रामखिलावन एम.पी. मियाँ के स्कूल का नाम वापस दिलानेवाले हैं। कुछ लोग इसे उनकी भलमनसाहत मान रहे थे तो कुछ ये कह रहे थे कि नाम से क्या होगा। पहले इसका नाम अमर शहीद रामबहादुर यादव मेमोरियल विद्यालय था तो कौन इसे उस नाम से पुकारता था। कहते तो लोग तब भी इसे मियाँ का स्कूल ही थे। सो अब भी कहेंगे। नाम चाहे बदलकर जो भी हो जाए। स्कूल बनाया ज़ामिन मियाँ ने तो उन्हीं का नाम चलना चाहिए।

सब आए थे जलसे में ज़ामिन मियाँ, मुसलिम मियाँ, बुधीराम, सामिन मियाँ। नहीं आए तो बस सुखीराम नहीं आए। साफ़ जाहिर था कि उन्हें यह सब नापसन्द था पर बुधीराम तो आए थे। आए ही नहीं थे बल्कि उन्होंने भाषण भी दिया।

"ई स्कूल हम अपन मियाँ ते कहके खुलवाय रहा, काहे ते कि अपन गाँव मा स्कूल नाहीं रहा। सोचे सुखीराम भी पढ़िहे और सुखिया ना बनिहें, एक इज्जतदार इंसान बन जहिए। अब इज्जतदार बने के नाही–हाँ एम.पी. बनगे, कैसे ? यही मियाँ के स्कूल के कारन।"

सबने बारी-बारी से भाषण दिया और रामखिलावन की इस दरियादिली की तारीफ की। स्कूल का नाम बदलने की घोषणा होने को ही थी कि सामिन ने पासा पलट दिया। उसने उठकर बोलना शुरू कर दिया–

"यहाँ पर हमसे छोटे या हमसे बड़े जो भी मौजूद हैं, मैं उन सबका ताबेदार हूँ, सेवक हूँ, गुलाम हूँ और गुलामों की यह हिम्मत नहीं कि अपने मालिक का हुक्म न माने, लेकिन मैं आपका बस यही हुकुम नहीं मानूँगा। हमारे स्कूल का नाम नहीं बदला जाएगा। जब तक मैं जिन्दा हूँ कोई भी इस स्कूल का नाम अब नहीं बदल सकता। हमारे तो दोनों बुजुर्ग हैं चाहे अली मोहसिन मरहूम हों या शहीद रामबहादुर यादव। इस स्कूल का नाम शहीद रामबहादुर मेमोरियल स्कूल है और हमेशा रहेगा।"

ज़ोरदार तालियों की गड़गड़ाहट के बीच रामखिलावन का दिल डूब रहा था। उसके सपने टूटते दिखाई दे रहे थे। जीवन की चाल नाकामयाब रही। चारों तरफ़ एक ही आवाज़ गूँजती सुनाई दे रही थी–"सामिन भइया जिन्दाबाद ! सामिन भइया जिन्दाबाद !"

खैर...इस जलसे में स्कूल का नाम नहीं बदला जा सका। आप सब चतुर सुजान हैं, जानते हैं कि वह न तो नाम बदलनेवालों का मकसद था और न

ही गाँव मदरसा खुर्दवालों को इससे कुछ मतलब था कि स्कूल का नाम क्या हो ? ये सब तो सियासत ही थी, जिसमें बाज़ी किसी ने खेली और जीत कोई और गया।

लेकिन इस जीत-हार के खेल ने एक बात तो साफ़ कर दी कि सामिन मियाँ और रामखिलावन यादव एम.पी. की दोस्ती के दिन पूरे हो गए थे और शुरू हो गई एक जंग सत्ता और स्वार्थ थी। रामखिलावन की समझ में यह बात बहुत अच्छी तरह आ गई कि गाँव में ही नहीं, बल्कि उस पूरे इलाके में सामिन मियाँ को उखाड़ पाना आसान नहीं। उनके पी.ए. साहब जीवन ने लगे हाथों उन्हें एक अच्छी सलाह भी दे डाली कि राजनीति का एक उसूल होता है—जो पद है आचरण उसी के मुताबिक करना चाहिए। गाँव का मसला प्रधान का होता है। एम.एल.ए. का मसला उससे थोड़ा ज़्यादा होता है। पूरे क्षेत्र के लोगों ने उन्हें एम.पी. इसलिए थोड़े ही बनाया है कि वे गाँव के मसलों में ही उलझे रहें। गाँव के मसलों को छोड़ें और दिल्ली का रुख करें। एम.पी. होता ही इसलिए है कि दिल्ली में अपने क्षेत्र की आवाज़ बने। फिर एक एम.पी. की सत्ता दिल्ली में होती है। वहाँ अगर रहे तो पार्टी में ऊँचे पद मिलेंगे, मिनिस्टरी मिलेगी। दिल ही जीतना है तो प्रधानमन्त्री का जीता जाए, पार्टी अध्यक्ष का जीता जाए, गाँववालों का दिल जीतकर क्या मिलेगा ? गाँव के मसलों में ज़्यादा उलझे तो पता चला कि अगले इलेक्शन में टिकट भी जाती रहेगी।

बात राम खिलावन की समझ में आ गई कि गाँववालों का दिल जीतने के लिए तो पाँच बरस पड़े हैं और वैसे भी उसकी ज़रूरत तो अगले चुनाव के वक़्त ही पड़ेगी। तब देखी जाएगी। तब कोई चक्कर चलाया जाएगा। उसने दिल्ली का रुख करना ही उचित समझा। साथ ही, यह इन्तजाम भी कर गए कि गाँव में किसी की कोई समस्या हो तो जीवन से सम्पर्क करे। वे गाँव आते-जाते रहेंगे और एम.पी. साहब की आवाज़ बनकर गाँववालों के दुख-दर्द में शरीक होते रहेंगे। यह बात उनकी समझ में बहुत अच्छी तरह आ गई थी कि एम.पी. की शान तो दिल्ली में रहने में ही होती है। अपने क्षेत्र में ज़्यादा उलझनेवालों का हश्र सुखीराम की ही तरह होता है। इसे एक नसीहत की तरह लिया नए एम.पी. साहब ने। गाँव से तो उनका नाता हवाई ही रह गया। हवाई जहाज से आते थे रात को और सुबह मिलनेवालों से कहते थे—

''शाम की फ्लाइट से लौटना है। पी.एम. ने जल्दी लौटने को कहा है। कुछ असन्तुष्टों को मनाना है। क्या बताएँ पी.एम. साहब दिल्ली छोड़ने ही

नहीं देते। कहते हैं इतने नए लोग जीत कर आए पर तुम्हारे जैसा कोई नहीं। एक तुम्हीं पर भरोसा कर सकता हूँ। आप लोगों को कोई ज़रूरत हो तो जीवन यहाँ आता-जाता रहता है उसे बता दिया करें। दिल्ली में तो मैं हूँ ही आपकी मदद के लिए।''

लेकिन असल में सामिन मियाँ की लोकप्रियता ने उसे गाँव छोड़ने को मजबूर कर दिया था। दिल्ली बसने का इरादा तो सुखीराम, भूतपूर्व एम.पी. साहब भी रख रहे थे। पर उसके कारण दूसरे थे–

एक तो हुआ यह था कि कमलिनी हत्याकांड का केस फिर से खुलने वाला था। वही हशमत दारोगा, जिसे अपने राज में सुखीराम ने वहाँ से हटवा दिया था फिर से आ गया था। सियासत में क्या है कि जैसे दिन बनते हैं, वैसे बिगड़ते भी हैं। अब इसको दिन बिगड़ना नहीं कहें तो क्या कहें कि खुद अपना पिता उसकी हार का मातम मनाने को तैयार नहीं, बल्कि वे तो उसका जश्न मनाते फिर रहे हैं–सामिन मियाँ की जीत का जश्न। वही सामिन मियाँ जो कल उनका हुक्म बजाता फिरता था, वो कहें तो जान देने के लिए तैयार रहता था। उसने उन्हीं के खेल में उनको शिकस्त दे दी...

और उनके पिताजी जो उसी की वजह से, अपने लड़के सुखीराम की वजह से गाँव-भर में क्या पूरे इलाके में बुधीरामजी के नाम से जाने गए। खुद बुधीराम का अतीत क्या रहा ? इसी सामिन मियाँ के अब्बा ज़ामिन मियाँ के घर बँधुआ मजदूरी करते-करते उनकी उमर कट गई। प्यार के दो मीठे बोल तक सुनने को कान तरस जाते थे। उसके पिताजी क्या सब कुछ भूल गए इतनी जल्दी।

इंसान का दिल सचमुच मोम की तरह ही होता है, वक़्त की गर्मी के साथ सब कुछ पिघल जाता है। अक्सर सोचता रहा था सुखीराम ये सब कुछ। गाँव में फिर से हशमत दारोगा की मोटरसाइकिल की आवाज़ सुनाई देने लगी थी। कमलिनी का मुकदमा, ठाकुर रघुवीर सिंह वाला मुकदमा सब खुलनेवाला था। एक-एक करके मुसीबतें बढ़ती ही जा रही थीं। अब तो वो रुतबा भी बाकी नहीं रहा कि लोग उनके डर से जुबान न खोलें...

अगर डर बाकी होता तो क्या यही होता कि ठाकुर रघुवीर सिंह ने पहले तो तोहफे में ढाई बीघे आम का बाग दे दिया और इलेक्शन हारते ही उसकी वापसी का तकाज़ा भी करने लगे थे। सचमुच लोगों की नज़रें फिरते देर नहीं लगतीं। कल तक जिस दरवाज़े पर मिलनेवालों का ताँता लगा रहता था, आज वहाँ कोई रास्ता पूछनेवाला भी भटककर नहीं पहुँचता था।

अब तो बस सुखीराम थे और दिन-ब-दिन बढ़ती उनकी मुसीबत। कोई ऐसा नहीं बचा था जिससे अपना दुख-दर्द बाँट लेते दो घड़ी बैठकर। लेकिन शायद उन्होंने खुद ही इसकी गुंजाइश कहाँ छोड़ी थी अपने आस-पासवालों के रिश्ते में। अब वो गम्भीरता से सोचने लगा था कि बेहतर तो यही होता कि किसी तरह गाँव की सारी ज़मीन-जायदाद बिक जाती तो दिल्ली जाकर ही रहने लगता। पार्टी के नेताओं में उसकी अभी इतनी साख तो बची ही थी कि संगठन का कुछ काम मिल जाता। वही करता। दिल्ली की आबो-हवा में कुछ घाव भर जाते शायद...बाद में कोशिश करे तो राज्यसभा में जगह मिल सकती है...पर ये सब कुछ इतना आसान सोचने में ही लग रहा था...

मुसलिम मियाँ को इतनी भनक लग ही गई कहीं से कि सुखीराम दिल्ली जाकर बसने का प्रोग्राम बना रहे हैं तो उनका दिमाग खुराफात में लग गया। सोचने लगे कि अगर किसी तरह सुखीराम अपनी ज़मीन उन्हें ही बेच दे तो मदरसा खुर्द में जमने का एक ठिकाना मिल जाएगा।

मुसलिम मियाँ की मुश्किल ये थी कि वे ज़रा ज़िद्दी थे। सियासत में ज़िद नहीं चलती, लेकिन दूसरी ओर ये भी कहा जाता है कि जिनमें कुछ कर गुजरने की जिद न हो सियासत नाम की चिड़िया की सोहबत उन्हें नहीं करनी चाहिए। लेकिन यहाँ अपने मुसलिम मियाँ ने तो ऐसी सियासत कर रखी थी कि खुद अपने ही घर को जलाकर उसकी रोशनी में आगे बढ़े थे। उनकी ज़िद का नतीजा तो आप सब भी जानते ही हैं। ज़्यादा बताकर आपका वक़्त खराब करना नहीं चाहता।

तो ये मुसलिम मियाँ की नई ज़िद थी कि जिस मदरसा खुर्द के सुखीराम और रामखिलावन यादव की वजह से वे पतन के गर्त में पहुँचे, वहीं से सफलता की नई ऊँचाइयों को चूमेंगे। उनकी सियासी ज़िन्दगी का अगला मुकाम यह गाँव ही तय करेगा। भले ही इसकी कोई भी कीमत उनको चुकानी पड़े।

समझानेवाले उनको समझा-समझाकर थक गए पर उन्होंने कब किसी की सुनी, जो इस बार सुन लेते। उनकी बहू शहनाज़ उन्हें बार-बार याद दिलाती कि वे भले एम.पी. नहीं रहे, मिनिस्टर नहीं रहे पर एक अवामी पार्टी के ऑल इंडिया जेनरल सेक्रेट्री तो हैं जो कम हैसियत नहीं रखता और ऑल इंडिया जनरल सेक्रेट्री का ये काम नहीं होता कि एक गाँव के पीछे अपनी सारी इज़्ज़त, अपनी सारी हैसियत गँवा बैठे...

उनकी बीवी कुबरा बेगम भी उन्हें कोसती नहीं थकती थी कि ज़िन्दगी-भर तो उन्होंने उनके भाई के परिवार को चैन नहीं लेने दिया और अब ज़रा-सी

खुशहाली लौटी तो उनके कलेजे पर साँप लोट रहे हैं। अरे गाँव में रहने का इतना ही शौक है तो अपना गाँव लछमनपुर कलाँ क्या बुरा है। नज़र तो वहाँ से भी इस इलाके पर रखी जा सकती है। वहाँ अपनी आलीशान हवेली में झाँकने की भी फुर्सत नहीं पर जिद है कि रहेंगे मदरसा खुर्द में ही, चाहे यहाँ के आदमी तो आदमी जानवर भी उन्हें नफरत की निगाह से देखते हों।

वैसे देखा जाए तो मदरसा खुर्द में कम अपमान नहीं हुआ मुसलिम मियाँ का। सामिन से जब उन्होंने मदद की पेशकश की तो उसने भी टका-सा जवाब दे दिया। ये जानते हुए भी कि उनके फूफाजान उसी पार्टी के ऑल इंडिया जनरल सेक्रेट्री हैं जिस पार्टी का वो एम.एल.ए. है। खैर...उसने तो घर में ही अपमान किया। लेकिन स्कूल के नाम बदलने का जलसा करके पूरे गाँव के सामने उनका अपमान किया रामखिलावन एम.पी. ने, वो भी उन्हीं की पार्टी का एम.पी. है। और तो और, हवेली के नौकर-नौकरानी तक उनसे सीधे मुँह बात नहीं करते। फिर भी एक बेशर्म दामाद की तरह वे अपनी ससुराल में ही टिके रहना चाहते थे। उनकी इस ज़िद ने तो उनकी बीवी कुबरा बेगम, बहू शहनाज सब का जीना हराम कर रखा था। और बेटा—

अच्छन मियाँ—इनकी और कोई तारीफ ही नहीं की जा सकती सिवाय इसके कि वे जनाब मुसलिम अली भूतपूर्व गृहमन्त्री साहब की इकलौती वारिस हैं और जैसा कि इस तरह के आला खानदानों के इकलौती वारिसों के साथ होता है, वह अच्छन मियाँ के साथ भी हुआ। यानी हीरो तो खानदान की वजह से हो गए पर बाकी कामों में जीरो ही रह गए।

बाहर की दुनिया से कोई वास्ता ही नहीं रखते थे। रंगीन मिजाज़ भी थे पर चाहते थे कि ये शौक भी घर की नौकरानी-दासियों आदि से ही पूरा हो जाए। गाँजा, चरस, अफीम सारे नशे बड़े शौक से करते थे और कभी तबीयत होती तो लखनऊ की किसी रक्कासा के कोठे पर जा पहुँचते। रात-भर मुज़रा सुनते। एक बार तो बाकायदा एक कोठे पर पकड़े भी गए पर वो क्या था कि दारोगा मुसलिम मियाँ के पुराने दिनों का मुरीद था तो उसने नसीहत देकर छोड़ दिया। तो उनको इस बात से क्या फर्क पड़ता था कि लखनऊ में रहना हो या मदरसा खुर्द में। वे तो अपने नशे की पिनक में ही रहते थे। हाँ, जब भी मौका मिलता नौकरानियों से छेड़छाड़ कर लिया करते।

9

उधर ज़ामिन मियाँ की तबीयत लगातार खराब ही होती जा रही थी। वैसे भी वहाँ गाँव में उनके अच्छे होने की उम्मीद ही कितनी की जा सकती थी। अगर लखनऊ ले जाया जाए तो अच्छा इलाज हो सकता था। किसी ने बताया कि बनारस में एक अच्छे हकीम साहब हैं, अगर उनको दिखाया जाए तो कुछ बेहतरी की उम्मीद की जा सकती है यानी जितने मुँह उतनी बातें। पर सामिन मियाँ के अलावा ये और कौन जान सकता था कि इनमें से किसी भी सलाह पर ध्यान दे पाना उनके बस में कहाँ था ?

इस हकीकत के पीछे सामिन मियाँ का वह ईमान था जिसे चाहे जितने मौके मिले, उसका अपने लिए इस्तेमाल नहीं किया। वे सियासत में इसलिए नहीं थे कि चमकती मोटरों मे घूमें, आलीशान बंगलों में रहें और सत्ता के एक-एक दिन को ऐसे भोगें जैसे वे सारे दिन जश्न मनाने के लिए मिले हों। वे तो दूसरी ही मिट्टी के बने थे। वह जनता था कि शासन और सत्ता का असली मतलब क्या होता है। उसने अगर खद्दर पहना था तो जानता था कि इसके पीछे कुर्बानियों का एक लम्बा इतिहास रहा है। वह यह भी जानता था कि ये सारे पद जनता की सेवा के लिए होते हैं और उनकी दुआओं से बड़ा ईमान इसके लिए कुछ नहीं होता। इसलिए उसने बस जनता की दुआएँ

ही कमाई थीं, उनका प्यार ही जीता था। खानदान का तो सब कुछ पहले ही लुट-बिक चुका था।

ज़ामिन मियाँ के लिए अब बस दुआएँ ही बची थीं। उस गाँव के लोगों की जिन्होंने उनकी बुलन्दी भी देखी थी और उनके अँधेरे भी देखे थे। सामिन मियाँ अगर एक इशारा कर देते तो मददगार कितने ही मिल जाते, पर यह उनके ईमान को गवारा नहीं होता और न ही आख़िरी दिनों में मियाँ की शान को, जिन्होंने भले ही लाख दर्द उठाए हों पर कभी किसी से कुछ माँगने नहीं गए...

तो थोड़ी-बहुत दवाओं, ढेर-सी दुआओं के सहारे मियाँ को जितने दिन चलना था, चले। अपनी बीवी के मरने के बाद अपने लड़के की बरकत देखने का हौसला बचा था, सो देख लिया। जीने के लिए अब कुछ और अरमान तो बचा न था जिसके सहारे जीते। बस इतना ही कि वे अपनी आख़िरी साँस अपने गाँव मदरसा खुर्द में ही लेना चाहते थे, बीस साल तक जिसे देखने के लिए तड़पते रहे थे। तो वहीं उन्होंने इत्मीनान से अपनी अन्तिम साँस ली। ज़्यादा दिन बीमार नहीं पड़े। न तो ख़ुद ही परेशान हुए और न औरों को ही परेशान किया।

बड़े शान से मियाँ का जनाज़ा निकला। पूरा गाँव शरीक था उसमें। उतनी भीड़ कभी किसी के मरने पर उस गाँव में नहीं देखी गई थी। सब आए बस सुखीराम नहीं आए, लेकिन बुधीराम को आने से नहीं रोक सके वे। उनको भी उनकी बीवी की कब्र के साथ ही दफना दिया गया। गाँव मदरसा ख़ुर्द का एक जिन्दा इतिहास चला गया...

सुखीराम को अब गाँव से ज़्यादा मतलब रह नहीं गया था। उसे तो हर उलझन से छुटकारा पाने का एक ही रास्ता दिखाई दे रहा था कि जैसे भी हो गाँव छोड़कर चला जाए। पर कहते हैं न कि मुश्किलें कहीं भी पीछा नहीं छोड़तीं। तो यहाँ भी उसकी मुश्किल आसान नहीं दिखाई देती थी। वैसे तो सब कुछ आसान दिख रहा था। ख़बर आ रही थी कि मुसलिम मियाँ उस ज़मीन की मुँहमाँगी कीमत देने को तैयार थे। पर फिर भी इतना आसान नहीं था सब कुछ–

सुखीराम की बाधाएँ बढ़ती ही जा रही थीं। सबसे बड़ी बाधा तो ये थी कि वो ज़मीन उनके नाम पर थी ही नहीं। वह तो उसके पिता बुधीराम के नाम पर थी। उसे इस बात का उन दिनों पछतावा भी हो रहा था कि अगर उसने यह ज़मीन-जायदाद अपनी माँ के नाम पर खरीदी होती तो कोई मुश्किल

ही नहीं होती बेचने में। माँ को तो समझाया जा सकता था पर पिताजी नीम के पेड़ से अपनी मोहब्बत कहाँ छोड़नेवाले थे। उनसे तो पूछने की भी हिम्मत नहीं हो रही थी सुखीराम को...

कमलिनी हत्याकांड में पूछताछ भी जारी थी और सुखीराम यह अच्छी तरह समझ रहा था कि अब अधिक देर नहीं है जब पुलिस घर आकर उसे गिरफ्तार कर लेगी। वह उस दिन से बचना चाहता था। क्योंकि तब जिस बात की लोग दबी जुबान से चर्चा कर रहे थे उसका चर्चा आम हो जाता और तब उनके लिए सियासत के शायद सारे दरवाज़े बन्द हो जाते। सियासत के दरवाज़े खुले रहें, इसके लिए ज़रूरी था कि इस केस की फाइल हमेशा के लिए बन्द हो जाए...पर उसकी कोई सूरत दिखाई तो नहीं दे रही थी...

ठाकुर अमरसिंह इंग्लैंड से लौट आए थे। उनकी और रघुवीर सिंह की दुश्मनी जगजाहिर थी। रघुवीर सिंह के बारे में उनका मानना था कि उनकी सम्पत्ति हड़प-हड़पकर ठाकुर बने बैठे थे। उनके लौटने से यह कयास तो लगाए ही जाने लगे थे कि अब कुछ-न-कुछ होकर रहेगा। रघुवीर सिंह के लड़के के हाथों जो हत्या हो गई थी उसकी फाइल तो खुलकर ही रहेगी।

अमर सिंह भी पुराने अलीगढ़वाले थे, मुसलिम मियाँ के साथ ही पढ़े थे। मुसलिम मियाँ को तो लगा उनका दाहिना हाथ मिल गया हो। उनकी ताकत बढ़ गई हो। पर सारी ताकत हशमत दारोगा खींच ले रहा था। रघुवीर सिंह को फँसाना तो वे चाहते थे, इसमें मुश्किल भी नहीं थी। आस-पास ऐसा कोई नहीं था जो यह न जानता हो कि कल्लू को गोली ठाकुर रघुवीर सिंह के लड़के ने मारी और सबसे मजेदार बात थी कि जो आदमी बन्दूक लेकर हाजिर हुआ था थाने में एफ.आई.आर. लिखने के वक़्त तक गाँव में था भी नहीं। ठाकुर अमर सिंह ने तो एक गवाह भी खड़ा कर दिया था जो यह कह रहा था कि उसने अपनी आँखों से कत्ल होते देखा था।

हशमत दारोगा को खरीदने की कोशिशें भी जारी थीं पर वह तो यही कहता था—

"हीरा अपनी कीमत जानता हो या न जानता हो, लेकिन मैं यह जरूर जानता हूँ कि मैं बिकाऊ नहीं हूँ। यह सच है कि ज़िन्दगी में हर चीज़ की अपनी कीमत है, लेकिन यह भी सच है कि बाज चीज़ें ज़िन्दगी से ज़्यादा कीमती हैं।"

अमर सिंह को भी मुसलिम मियाँ ने यह बता दिया कि बग़ैर अपने सियासी दुश्मनों को उखाड़े हुए वे मदरसा खुर्द नहीं छोड़नेवाले। अमर सिंह

ने उन्हें सुखीराम से मिलने की सलाह दी। क्योंकि यह तो तय था कि गाँव मदरसा में उन्हें कोई गाहक तो मिलने से रहा। मुँहमाँगी कीमत दे दें तो बात बन जाने की उम्मीद की जा सकती थी।

एक दिन सुबह-सुबह मुसलिम मियाँ ख़ुद ही सुखीराम से मिलने पहुँच गए। कुछ इधर-उधर की बातें की फिर सीधा मेन प्वाइंट पर आते हुए पूछा—

''भई, मैंने उड़ती-उड़ती सुनी है कि तुम अपना यह घर वग़ैरह बेचना चाहते हो।

क्यों नहीं, क्यों नहीं, राजधानी का लुत्फ ही कुछ और है। मगर इतना सब कुछ मदरसा में किसके मान का है जो खरीद ले ? गाहक तो आपको मिलने से रहा।''

मुसलिम मियाँ ने तौलते हुए पूछा।

सुखीराम खामोश रहा।

''मानें या न मानें यह आपका अख़्तियार है। सुखीरामजी, जमाना इतना खराब है कि इस दुनिया में अगर रहना है तो खाल ज़रा मोटी करनी होगी। मैं तो यह कहने आया था कि अगर आप यह अहाता बेच ही रहे हैं तो दोस्त-दुश्मन न देखें। यह देखिए कि इसकी कीमत सबसे ज़्यादा कौन दे रहा है। आप लोगों से बात कर लें जो भी कीमत लगेगी, मैं उससे ज़्यादा ही दूँगा। कोई जल्दी नहीं है, आराम से सोच लें।''

मुसलिम मियाँ ने चारा डाला।

सुखीराम ने कुछ जवाब नहीं दिया पर एक गहरी सोच में पड़ गए कि पैसा तो आख़िर पैसा होता है कि किसी के हाथ से किसी तरह मिले बुरा तो नहीं ही होता। इसमें कोई बुराई दिखाई तो नहीं देती...

सुखीराम ने अपने बापू से बात करने की हिम्मत की। उसने सोचा क्यों न पहल की जाए। वह बेवजह ही अपने बापू को लेकर गलतफहमियाँ पाले बैठा है। पता नहीं शायद वे बात समझ जाएँ और तैयार हो जाएँ।

''आप जानत हैं हम चारों ओर से दुश्मनन से घिर गए हैं। अब हम मदरसा मा नाहीं रहा चाहित। ई घर-बार बेच के आप सबका लै के दिल्ली चला जाब।''

सुखीराम ने हिम्मत करके अपने बापू के सामने जुबान खोली।

''मुदा हम न जाब और न ई घर द्वार बेचे देब। तुमको जाय का है, जाओ।''

बुधीराम ने साफ़-साफ़ जवाब दिया।

"बिना घर बेचै कैसे जाब ? बड़ी मेहनत से घर बनबावा है, नीम के आस-पास की ज़मीन खरीदा है।"

सुखीराम ने बात को आगे बढ़ाते हुए कहा।

"मुदा खरीदे तो हमरे नाम से।"

बुधीराम पर उसकी बातों का कोई असर नहीं हो रहा था।

"आपकी मोहब्बत में खरीदा रहा।"

सुखीराम ने बात में थोड़ी भावुकता लाते हुए कहा।

"बड़ी मोहब्बत है, क्या ! उल्टी गंगा। अरे आज तक तो हम ई देखा और सुना कि बाप अपने बिटवा की खातिर ज़मीन-जायदाद खरीदत है हम सब जानित हैं। अब तौ ई अहाता हमरे नाव है। तुम हमरे झोपड़ी उजाड़ हौ—हमार झोपड़ी जे मा छत नाहीं रही मुदा शानती रही। हमार शानती उजाड़े हो। हम न ई अहाता तुमका देब, न बेचे देब, हमार जो जी चाही करब।"

बुधई ने साफ़-साफ़ जवाब दिया।

"बाबा ! का तु यही बरे हमका पाले रहा।"

सुखीराम ने थोड़ा और भावुक होते हुए कहा।

"यही सवाल तो लाखन बार हम अपने से कर चुके हन। का यही बरे तुमका पाला रहा कि तुम जीवन का सारा अमृत ढरका देव ! का यही बरे नीम का पेड़ लगाव रहे कि ओह का छाँव का तरस जाई ? सोचा था कि तुम दोनों की छाँव मा गर्मी की कड़ी दोपहर काट लेबै। जीवन की सचाइयाँ तुमरी डाली मा ईमानदारी से झुलिहैं। मुदा हुआ का। काश, हम अपने अरमानों का पेड़ लगाया ही न होतै।"

बुधीराम गुस्से में आ गया था।

"सचाई, ईमानदारी, आमान, पेड़, छाँह। का कुछ बौरा गए हौ ? हम ई अहाता बेचब, देखत है तुम का करत हौ ?

सुखीराम ने अपनी दाल न गलती देख गुस्से में कहा और पाँव पटकता हुआ वहाँ से चला गया।

पर बुधीराम एक बार फिर सोचने लगा कि आख़िर बाप होने का क्या मतलब होता है और बेटा क्या महज़ ख़ून के रिश्ते ही तय करते हैं ? चाहे वह कितना ही नालायक हो, चाहे वह कितना ही जलील करे। वह बार-बार सोचता था घर छोड़ दे पर उसे अपनी बहू का ख्याल आ जाता था—शारदा का। कम-से-कम वह तो उसे प्यार करती है...शारदा माँ बननेवाली थी और अपने पोते को देखने की चाह तो बाकी ही थी बुधीराम की। बुधीराम अपनी

पत्नी दुखिया से इसलिए परेशान रहता था कि वह इस बात को बिल्कुल ही भूल गई थी कि एक जमाना वो भी था जब एक जून शाम का खाना भी नहीं जुटता था ठीक से। अक्सर तो चबेना से ही काम चलता था। पर आज खाली गहना, कपड़ा जोड़ने में लगी रहती थी। बेटे की बेईमानी में बराबर की हिस्सेदारी थी उसकी भी। अब तो बुधई को लगने लगा था कि सुखीराम अपनी माँ पर ही गया था।

बापू से लड़-भिड़कर सुखीराम ने अपनी माँ को पटाना चाहा। शायद रास्ता वहीं से निकल आए—

"माई ! अब बाबा का कौने नाहीं समझा सकत है। ऊ न मनिहें, अब हियाँ का धरा है ? अरे जौन कुछ है ससुर ओहका बेचौ और चलौ दिल्ली और रहौ मौज से—इमा का गलत है माई !"

सुखीराम ने माँ से अपना दुखड़ा रोते हुए कहा।

"कछु नाहीं बिटवा, कछु नाहीं। हम बात करब तुम्हारे बप्पा से।"

दुखिया को अपने बेटे की कोई बात कभी गलत लगी ही नहीं थी इसलिए उसने जल्दी से हामी भरी।

"लात, घूँसा खाए का हुए तौ बात कीहो। कुछ समझ मा नाहीं आवत है, का करा जाए ? अभिन ई मुसलिम मियाँ जिद्धम-जिद्धा मा ले लैहें, नहीं तो अच्छा गाहकौ न मिली।"

सुखीराम अपनी माँ को सुना रहा था।

"का तुम मुसलिम मियाँ के हाथ बिचिहो—अपने दुश्मन के हाथ !"

दुखिया ने चौंकते हुए पूछा।

"अरे कैसा दुश्मन—कैसा दोस्त ? सब समय का चक्कर है। ई समय तो वही अकेला है जो हमार घर-द्वार खरीद सकत है। माई तहुँ सोचौ, वही नीम की छाँव-भर बाबा का दैके ज़मींदार बनाइन रहै, अब वही ज़मीन पैसा देके खरीदिहें हमसे ? ई तो थूक के चाटना ही हुआ न ?"

दुखिया उसकी बातों में आ गई। सुखीराम असल में तो यह चाहता था कि किसी भी तरह कागज़ पर बाबा अँगूठा लगा दें। बस किस्सा खतम हो जाए। दुखिया ने उसका भी रास्ता निकाल लिया—

"तुम कागद मँगाओ हम लगा देबै अँगूठा। माँ-बाप में फरक का ? और फिर को जानी केहका अँगूठा है—हमार के वा ओहका।"

सुखीराम को यह सलाह तो गौर करने लायक लगी। उसने सोचा अगर उसकी माँ अँगूठा लगा दे और वह उसे वेरीफाई कर दे, साथ में अपने किसी

नौकर को भी गवाह बना ले तो काम चल जाएगा। बाबा को बाद में समझा दिया जाएगा ? उसने तुरन्त वकील बुलाकर इस नेक काम को अंजाम दे ही डाला।

बस रजिस्ट्री का काम बाक़ी रह गया था। तो वह तो वैसे भी लखनऊ में ही होना था। बस उसने मुसलिम को एक सन्देशा यह ज़रूर भिजवाया कि मुसलिम मियाँ ज़मीन पर कब्ज़ा तब तक न लें जब तक वह दिल्ली चला न जाए...और यह भी कि यह बात राज़ ही रहे तो बेहतर होगा, क्योंकि बात खुल गई तो बीच में और भी कुछ हो सकता है। भला मुसलिम मियाँ को क्या ऐतराज़ हो सकता था। उन्होंने हामी भर दी।

10

सुखीराम बेचारा एक मुश्किल से निपटा तो सर पर दूसरी मुश्किल आ खड़ी हुई। उसके यहाँ एक दिन हशमत दारोगा आ धमका। आते ही उसने कहा–

"गाँव से बाहर जिस अजनबी लड़की की लाश मिली थी, उसका पता चल गया है। उसका नाम कमलिनी है। मैंने सोचा शायद आप उसे जानते हों, इसलिए पूछने आ गया।"

"आप क्या बात कर रहे हैं ?"

सुखीराम ने बिफरते हुए कहा।

"सर, आप तो बेकार में नाराज़ हो रहे हैं। मैं आप पर कोई इलजाम लगाने थोड़े आया हूँ। मैं तो आपकी मदद लेने आया हूँ। सोचा कमलिनी मर्डर केस की जो भी प्रोग्रेस हुई है, वह आपको बता दूँ और यह तस्वीर भी दिखा दूँ।"

हशमत के चेहरे पर मुस्कुराहट खेल रही थी।

"लेकिन इस तस्वीर को आप मुझे क्यों दिखाना चाहते हैं ?"

सुखीराम ने थोड़ा सँभलते हुए पूछा।

"इससे साफ़ जाहिर होता है कि इस इलाके में कमलिनी को जाननेवाले सिर्फ़ आप ही हैं।"

हशमत ने अपनी बात साफ़ की और तस्वीर आगे बढ़ाई।

"हशमत साहब आप तो एक काबिल और होनहार पुलिस अफसर लगते हैं। तस्वीर दिखाने से पहले यह ज़रा-सी बात आपकी समझ में नहीं आई कि जब हम सत्ता में थे तो आप जैसे लोग हमारे साथ तस्वीर खिंचाने में फख्र महसूस करते थे। यह उनके लिए बड़ी बात होती है। और उन तस्वीरों से अपने ड्राईंग रूम की शोभा बढ़ाते हैं। भई, ऐसी सिचुएशन में हमारे साथ तस्वीर खिंचवानेवाली औरत थी, मर्द था, इस बात का हिसाब रख पाना मुश्किल ही नहीं नामुमकिन है।"

तस्वीर देखते हुए सुखीरामजी ने लम्बी तकरीर झाड़ी।

"यह बात आप बिल्कुल सही कह रहे हैं। इस तरह की तस्वीरों से कुछ भी साबित नहीं किया जा सकता। लेकिन मैं तो आपको कुछ और बताने आया था पर आपने मेरी सुनी ही नहीं। आपने ये भी नहीं पूछा कि ये तस्वीर मेरे पास कहाँ से आ गई ? मैं और क्या-क्या जानता हूँ ? लेकिन अब आप नाराज़ हो गए तो कोई बात नहीं, फिर मुलाकात होगी।"

सुखीरामजी को ढेर सारे सन्देहों के बीच छोड़कर हशमत दारोगा चला गया। लेकिन उसके जाने के बाद सुखीराम सोचते रहे कि आख़िर ऐसा कौन नेता नहीं होगा जिसके जीवन में इस तरह के किस्से न हों। आजकल तो तोहफ़े में मिलती हैं औरतें। पर एक बात तो है ही कि इस मामले में थोड़ी भी ऊँच-नीच हो जाए तो लेने के देने पड़ जाते हैं।

उन्हें इस बात का पछतावा हो रहा था कि इस तरह से शादी करना मूर्खता थी उनकी। अरे, रखैल तो सब रखते हैं, उन्होंने भी वही बनाकर रखा होता तो अच्छा था। पर तब तो पावर थी और सचमुच पावर आदमी को अन्धा बना देती है। उस समय इतनी बात कहाँ सूझती है। वैसे भी तब अकेली कमलिनी ही पढ़ी-लिखी औरत आई थी उनके जीवन में तो जल्दी से शादी ही कर डाली कि पता नहीं भाग न जाए नेता के पास। लेकिन वही शादी गले का घेंघा बन गई। पार्टी के एक बड़े नेता ने तब भी समझाया था उसे कि जितनी औरतें जिस नेता के पास होती हैं, उतना ही उसको ताकतवर माना जाता है। जो एक ही औरत से बँध जाए वह तो मूरख नेता माना जाता है। अरे साहब ऐसे भावुक लोगों से राजनीति में और उम्मीद भी क्या रखी जा सकती है। ये सब तो बीती बातें थीं।

कभी-कभी बीती बातें याद करके बड़ा रस मिलता है और कभी-कभी तो नश्तर की तरह चुभती हैं बीती यादें। सुखीरामजी नीम के पेड़ के नीचे

अकेले बैठे थे और पछुआ हवा के साथ-साथ पुरानी यादों में बहे जा रहे थे। कमलिनी जब पहली बार आई थी उनके पास तो वह एयर इंडियां में एयर होस्टेस बनना चाहती थी और इसीलिए आई थी कि अगर वे मन्त्रीजी से उसकी पैरवी कर दें तो उसका सपना पूरा हो जाएगा।

लम्बी, छरहरी और कज़रारी आँखोंवाली कमलिनी उन्हें पहली ही नज़र में भा गई थी। ऐसी अंग्रेजी बोलती थी कि समझते-समझते भी टाइम लग जाता था। चेहरे पर बिना मेकअप की बेपरवाही थी और उसे देखकर यह अन्दाज़ा लगा पाना मुश्किल ही होता था कि वह चाहती क्या है ! सुखीरामजी ने उसे एयर इंडिया की एयर होस्टेस बनाने की बजाए अल्पसंख्यक आयोग के चेयरमैन बुजुर्ग समाजवादी नेता नैयर साहब की सेक्रेट्री बनवा दिया। इसी अहसान को चुकाते-चुकाते कमलिनी ने उनसे शादी ही कर डाली। ये तो अच्छा हुआ कि एम.पी. साहब ने इतनी सावधानी बरती कि बच्चे नहीं हुए। अगर बच्चे हो गए होते तो और भी मुश्किल हो गई होती।

सुखीरामजी इस बात से चिन्तित थे कि उनके जीवन का यह प्रसंग तो वैसे अवान्तर खाते का ही था फिर भी कुछ उनके करीबी दोस्त तो थे ही, जिनको सारा कुछ पता था। कुछ तो शादी के गवाह वग़ैरह ही थे। दुख की बात ये थी कि वे सारे ही लोग उनके बड़े ही करीबी थे फिर भी किसी ने दगाबाज़ी तो की ही उनके साथ वर्ना कमलिनी की तस्वीर हशमत दारोगा कहाँ से ले आया। अभी असली मुश्किल तो हशमत दारोगा खड़ा किए था और इसरो छुट्टी पाना निहायत ज़रूरी थी।

सुखीरामजी यह तय करके लखनऊ निकले कि चाहे कुछ भी हो हशमत दारोगा का तबादला करवाकर ही लौटना है। सरकार किसी की भी हो, इतने लोग तो लखनऊ में उन्हें अब भी जानते ही थे कि एक मामूली दारोगा का ट्रांसफर करवा सकें। उन्हें मेहंदी अली की याद आई। यह अच्छा मौका था उसे आज़माने का।

जब सुखीराम लखनऊ पहुँचे तो शाम हो चुकी थी। वे सीधा मेहंदी अली साहब के यहाँ पहुँचे—

"अरे आपने क्यों तकलीफ की, मुझे बुला लिया होता।"

मेहंदी अली ने खड़े होकर उनका स्वागत करते हुए कहा।

"हमने सोचा चलकर देखते हैं कि आप पहचानते हैं कि नहीं।"

सुखीराम ने चुटकी ली।

"अरे, आप कैसी बातें कर रहे हैं ? आपको कैसे भूल सकते हैं ?"

आपकी सरकार में काफी आराम उठाया है।''

मेहंदी अली ने दाँत निपोरते हुए कहा।

''आजकल सरकार का क्या है ? देखते-देखते बदल जाती है।''

सुखीराम ने आह भरते हुए कहा।

''जी हाँ, मौसम देर में बदलते हैं, अरे साहब सुबहो-शाम भी देर में बदलते हैं। आप पुराने कपड़ों को नए कपड़ों में देर से बदलते हैं। मगर सरकार ? जेब में हाथ डाला और बाहर निकाल भी न पाओ कि मालूम हुआ सरकार बदल गई। खैर मैं नहीं बदला हूँ, आप आदेश करके देखें।

बातों के धनी मेहंदी अली ने मक्खनबाज़ी करते हुए कहा।

''आप नहीं बदले हैं इसीलिए तो आपके पास आया हूँ। आप तो न सावन हरे ना भादो सूखे। कोई भी सरकार हो आपके कपड़ों की सफ़ेदी और कलफ बरकरार।''

सुखीराम ने भूमिका बाँधते हुए कहा।

''आपका आशीर्वाद, आपकी दुआएँ बनी रहें बस। मैं इसी प्रकार आप सबके काम करता और कराता रहूँ। आदेश करें।''

मेहंदी अली ने काम की बात पर आते हुए पूछा।

''बिना भूमिका के ये कहना है कि हमारे यहाँ का दारोगा हशमत बहुत तकलीफ दे रहा है। उसकी बदली चाहिए।''

सुखीराम ने अपनी मंशा जाहिर की।

''वह तो पॉलिटिकल प्रेशर पर वहाँ बुलाया गया है। आदमी तो ईमानदार है। काम मुश्किल है।''

मेहंदी अली ने अपनी बात कही।

''अगर आप चाहते हैं कि आनेवाला चुनाव मैं जीत सकूँ और मन्त्री भी बनूँ—आपकी दिल लगाकर सेवा भी करूँ तो उस दारोगा को वहाँ से हटाना ही होगा।''

सुखीराम ने थोड़ी सख्ती से कहा।

''मैंने आपसे निवेदन किया न कि वह राजनीतिक दबाव पर वहाँ भेजा गया है और दबाव सरकार का है।''

मेहंदी ने अपनी असमर्थता जताते हुए कहा।

''कल हमारी भी सरकार आएगी।''

सुखीराम ने फिर जोड़ा।

''वह तो मैं समझता हूँ। मगर इस समय जिनकी सरकार है वह चाहते

हैं कि हशमत दारोगा वहीं रहे। फिर आज तक उसकी कोई शिकायत भी नहीं है। कैसे हटाया जाए।''

अली साहब भाव खा रहे थे।

''आदमी ईमानदार है तो क्या सबकी पगड़ियाँ उछालेगा।''

सुखीराम का गुस्सा बढ़ रहा था।

''आजकल सही काम करने में और पगड़ी उछालने में बहुत कम फर्क रह गया है। अगर किसी कार ड्राइवर का लाइसेंस सिपाही चेक कर ले तो समझिए कार ड्राइवर की पगड़ी उछल गई।''

अली साहब ने थोड़ा चिढ़ाते हुए कहा।

''अच्छा तो चलता हूँ। चुनाव आने तक और अपनी सरकार बनने तक झेलता हूँ इस ईमानदार दारोगा हशमत को।''

सुखीरामजी का गुस्सा अपने चरम पर पहुँच चुका था।

''चलिए, मगर ये हशमत दारोगा आपको नए जूते की तरह काट रहा है, जो जूता जहाँ पर काट रहा है वहाँ पर रुई रख दें या मोटा-सा मोजा पहन लें तो चलेगा ? यानी साँप भी मर जाय और लाठी भी न टूटे। हशमत वहीं रहेगा और आपसे उसका कोई मतलब नहीं होगा।''

सुखीराम की नाराज़गी काम कर गई थी। मेहंदी अली साहब लाइन पर आ रहे थे। उन्होंने आगे जोड़ते हुए कहा—

''आपके इलाके में एक बदनाम डाकू है—बच्चू अहीर। उसके सिर पर सरकार ने एक लाख रुपए का इनाम रखा है। आपके इलाके में उसकी बड़ी दहशत है। बच्चू अहीर का केस किसी दारोगा को अलग से सौंपा जाना है। तो क्यों न यही केस उसके पास पहुँचा दिया जाए। हशमत रहेगा आपके थाने में ही पर काम देखेगा बच्चू अहीर को पकड़ने का और आपके थाने के लिए कोई दूसरा दारोगा भिजवा देते हैं।''

मेहंदी अली ने अपनी सफाई से एक बार फिर सुखीराम का दिल जीत लिया। अपनी इन्हीं खूबियों की वजह से अली साहब लखनऊ में सोशल वर्कर कहे जाते थे। लोगों का काम करवाते थे और आराम से रहते थे। सबका दिल जीतने का फ़न उनको आता था।

सुखीराम निश्चिन्त होकर मदरसा की ओर लौट रहा था। उसे पूरा भरोसा था कि जैसे उसे मुश्किलों ने घेर रखा है उसी तरह एक-एक करके वे खत्म भी हो जाएँगी। बस थोड़े धैर्य और हिम्मत की ज़रूरत होती है। उसने अपने राजनीतिक जीवन में यही सीखा था कि ऊपर-नीचे तो चलता ही रहता है

बस हिम्मत के साथ अपने वक़्त का इन्तज़ार करते रहना चाहिए और फिर उसका जितना फायदा उठाया जा सके, उठाना चाहिए। पर अभी तो दुश्वारियों की फेहरिस्त बड़ी लम्बी थी, उसी को सुलझाने के उधेड़बुन में खोया, वह अपने गाँव चल पड़ा। शायद अब गिरफ्तारी की नौबत न आए...बेइज़्ज़ती से तो बच गए...आगे क्या होगा, पता नहीं। मुसलिम मियाँ ने तो एक नए फलसफे को ईजाद किया था। कहते फिरते थे—

"यह सियासत जो है न, उसे ज़िन्दगी नहीं समझना चाहिए ? जो ज़िन्दगी समझते हैं वह निरे बेवकूफ हैं। सियासत को बस खेल ही समझना चाहिए। किसी खेल को हारते वक़्त का थ्रिल कुछ और ही मजे का होता है। सियासत के खेल में पार्टनर किसी को नहीं समझना चाहिए, नहीं तो पछताना पड़ता है।"

दरअसल मुसलिम मियाँ की भी एक दुखती रग थी...

उन्होंने मदनी साहब की लड़की शहनाज़ से अपने लड़के की शादी ही इसलिए की थी कि मदनी साहब का सियासी कद खुद उनके अपने सियासी कद को बढ़ाने में मदद करेगा पर ऐसा कुछ भी नहीं हुआ। मदनी साहब का कद तो रोज़-ब-रोज़ बढ़ता गया। जब विपक्ष के दिन थे तब भी उनका एक रुतबा था। फिर से सत्ता के दिन आए तो भी उनका एक रुतबा है पर मुसलिम मियाँ तो दिन-ब-दिन बौने ही होते गए। पहले चुनाव हार गए, फिर टिकट नहीं मिला। पार्टी में ओहदा मिला पर उसकी क्या अहमियत होती है, यह किसी से छिपा नहीं है। अपनी बहू शहनाज़ से अक्सर कहते रहते थे—

"यह तो हकीकत है बेटी कि अगर तुम्हारे वालिद चाहते तो मुझे इलेक्शन का टिकट ज़रूर मिलता।"

और हर बार उनकी बहू उनकी बात को हँसी में उड़ाते हुए कहती—

"डैडी, आप कई बार यह बात कह चुके हैं। 'आई डोंट रैलिश', मुझे कुछ मज़ा नहीं आता है। इस बात को आप अब और कितनी बार कहेंगे ताकि उसी हिसाब से मैं अपने को तैयार कर लूँ ?"

बेचारे पछताते रह जाते कि ऐसी मुँहज़ोर बहू है कि ज़्यादा कुछ बात करते भी डर लगता है कि पता नहीं क्या कह दे ? यह एक हकीकत थी कि मियाँ के डर से पूरा घर थर्राता था पर मियाँ खुद अपनी बहू के डर से काँपते थे। उनकी बहू हर बार कुछ ऐसा कह देती कि बेचारे बगलें झाँकने लगते। ग़म के दरिया में डूब जाते, अगर बेटा किसी लायक होता तो ये दिन तो नहीं देखने पड़ते। आख़िर उसी की उम्र के सामिन, रामखिलावन सब आज

एम.पी., एम.एल.ए. बन बैठे और वह गाँजे, अफीम, चरस के नशे में धुत्त रहता है। आए दिन नौकरानियों की शिकायतें सुनने को आती हैं। यह तो गनीमत है कि सारी छेड़छाड़ घर की नौकरानियों से ही करता है। अगर उसने बाहर शुरू कर दी तो मुँह छिपाने की नौबत आ जाएगी। लेकिन शहनाज़ के लिए जब पानी सर से गुजर गया तो उसने साफ़-साफ़ कह दिया मुसलिम मियाँ को–

"वह जमाना गया जब ज़मींदारी थी और एक-से-एक निकम्मे की भी एक नहीं कई-कई शादियाँ हो जाती थीं। साथ में कीप्स भी रहती थीं। लेकिन अब नशेबाज़ और बेकार लोगों को नौकरानियाँ भी नहीं पूछतीं।"

"शहनाज़ यह क्या बकवास है ? इतना बावेला मचाने की ज़रूरत नहीं है। मत भूलो कि यह मेरी कांस्टिचुएंसी भी है। लोगों को पता चल गया तो जानती हो क्या होगा ?"

मुसलिम मियाँ ने समझाने के अन्दाज़ में कहा।

"लोग सुनेंगे ? जब आपका बेटा घर की नौकरानियों पर भूत बनकर कूद पड़ा तो इसे लोगों का ख़्याल नहीं था। जब आपका अय्याश बेटा रोज़-रोज़ नशे में डूबा रहता है तो लोग कुछ नहीं बोलते हैं। आपकी दुनिया में अगर लोग न देखें तो हर बुरा काम किया जा सकता है...खोखले बाप का खोखला बेटा। और मैं इस खोखले आदमी के साथ रहने को तैयार नहीं हूँ।"

शहनाज़ ने दो-टूक फ़ैसला सुनाया।

बेचारे मुसलिम मियाँ इस तरह के जवाब के लिए तैयार नहीं थे। अपने को बेचारगी में पाकर वहाँ से उठे और दूसरे कमरे में चले गए।

11

शहनाज़ चाहे कितनी ही तेज जुबान की थी पर अपनी सास कुबरा के सामने धीमी आवाज़ में ही बात करती थी। बात ये थी कि शहनाज़ ने बाप का दुलार तो देखा था पर माँ का प्यार ससुराल में आकर ही देखा, क्योंकि उसकी अपनी माँ तो उसकी पैदाइश के साथ ही अल्लाह को प्यारी हो गई थीं। हर बार जब बात ऐसे मोड़ पर खत्म होती थी तो उसकी सास ही उसे अपने पल्लू में छुपाकर समझाती-बुझाती थीं और मना लेती थीं।

शहनाज़ आधुनिक ढंग की पढ़ी-लिखी लड़की थी, जिसके बाप ने उसकी हर तमन्ना पूरी की थी। पढ़ाई-लिखाई से लेकर घूमने-फिरने और पहनने-ओढ़ने तक कहीं कोई रोक-टोक नहीं थी। उसे इस तरह की बातों से बड़ा आश्चर्य होता था कि कैसे कोई औरत एक नाकारा आदमी के साथ पूरी ज़िन्दगी काट देती है ? कैसे अपने मर्दों को बिलावजह खुश करने में लगी रहती है ? घर के बाहर की दुनिया की कोई ख़बर भी नहीं रखती। अपने शौहर पर उनका उतना ही हक होता है, जितना वह घर के अन्दर उन्हें मिलता है। बाहर वह आज़ाद पंछी की तरह घूमता रहे और औरत घर के अन्दर पर्दे में लिपटी-घुटती रहे।

उसकी तालीम दूसरी थी। उसने तो यह सीखा था कि मर्द-औरत का

रिश्ता बराबरी का होता है। ऐसा नहीं कि गलती सिर्फ़ औरत ही करती है। गलती मर्द भी करता है और जब वह गलती करे तो उसे टोकने का हक औरत को भी होना चाहिए। लेकिन उसकी सास कुबरा बेगम को ये सब बातें समझ में भी नहीं आती थीं। वह अक्सर उनसे कहा करती थी कि अब जमाना बदल गया है और बदले हुए जमाने के साथ चलने में ही समझदारी है।

लेकिन इस बार शहनाज़ का फ़ैसला आख़िरी था। उसने अपनी माँ जैसी सास को भी टका-सा जवाब दिया कि "आप मुझे इमोशनली ब्लैकमेल न करें। ऐसे घर में जहाँ दम घुटता हो, मैं एक पल भी नहीं ठहर सकती। उसने अपना सूटकेस उठाया और अपने अब्बा के घर दिल्ली चल पड़ी। जब घर पहुँची तो अब्बा साहब उसे देखकर चौंक पड़े। उसने सारा किस्सा बयान किया और उनसे शिकायत करते हुए बोली–

"अब्बू ! आपने किन जानवरों के साथ मुझे बाँध दिया। जानवर भी इतने खुदगर्ज़ सेल्फिश नहीं होते।"

"मैंने तो सिर्फ़ यह देखा था कि तुम्हारी पालिटिक्स में दिलचस्पी है। सियासत में रहना चाहती हो, इसीलिए तुम्हें एक सियासी घराने में ब्याह दिया।"

रिज़वी साहब ने अपनी बेटी की शिकायत का जवाब देते हुए कहा।

"ऐसा सियासी घराना जहाँ भाई-भाई, बाप-बेटा पालिटिक्स लड़ाते हैं। जहाँ पानी का एक गिलास भी यह सोचकर पिया जाता है कि शायद इसके बाद इलेक्शन का टिकट मिल जाए, मिनिस्टरी मिल जाए। मैडम हाउस भी उससे अच्छा होता होगा।...और फिर उस लड़के में क्या था ? वह तो पॉलिटिक्स भी नहीं जानता। एकदम निखट्टू है।

शहनाज़ काफी गुस्से में थी।

"अगर किसी औरत को पॉलिटिक्स में रहना है तो भई या तो वह शादी ही न करे और अगर करे तो निखट्टू शौहर के साथ। देखो अगर इलेक्शन लड़ना है तो उसी घर में रहकर लड़ना होगा। इलेक्शन जीतने के बाद घर छोड़ देना। नहीं तो यह घर छोड़ना तुम्हारे ख़िलाफ़ इस्तेमाल होगा। सब कुछ तुम्हारी जात से, तुम्हारे किरदार से, तुम्हारे कैरक्टर से जोड़ दिए जाएँगे। आप चाहे किसी मजहब के हों पर इस मुल्क में औरत का ज़िन्दगी बसर करना बहुत दुश्वार है।"

रिज़वी साहब ने अपनी लड़की को नसीहत दी।

"मैं एक शर्त पर इलेक्शन लड़ने को तैयार हूँ अगर मुसलिम मियाँ के

ख़िलाफ़ इलेक्शन लड़ने को मिले।''

शहनाज़ को अब बातों में दिलचस्पी आ रही थी।

''वह तो नामुमकिन है। आख़िर मियाँ मुसलिम अपनी ही पार्टी में हैं।''

रिज़वी साहब ने हँसते हुए कहा।

''अपनी पार्टी में तो हैं मगर उनके पास रीढ़ की हड्डी नहीं है—रीढ़ की हड्डी। वह अपने फायदे और अपने ईगो को सटिस्फाई करने के लिए कुछ भी कर सकते हैं।''

शहनाज ने अपनी बात कही।

''तो जैसा देस वैसा भेस। एक मुहावरा तो ये हुआ, दूसरा मुहावरा है—छाती पर चढ़के मूँग दलना। तो बेटी मुसलिम मियाँ की छाती बहुत मजबूत है, मूँग दली जा सकती है।''

रिज़वी साहब ने जैसे फ़ैसला सुनाते हुए कहा।

शहनाज़ ने हँसते हुए पूछा—

''थोड़ा सुस्ताने के बाद या अभी।''

''यह तो नेक काम है, इसमें जितनी ही देर होगी उतना ही शबाब देर से हाथ आएगा।''

रिज़बी साहब ने अपनी बेटी की पीठ ठोंकी।

''डैडी ! मैं एक ख़्याल पर आपकी सलाह चाहूँगी।''

शहनाज़ अब हल्के मूड में आ गई थी।

''मैं अगर मुसलिम मियाँ पर, मुसलिम मियाँ के खानदानी मकान लछमनपुर कलाँ में बैठकर हमला करूँ तो कैसा रहेगा ?''

शहनाज़ ने ऐसे कहा जैसे कोई राज़ की बात कह रही हो।

''क्या ख़ूब ! माशाअल्ला ! क्या ख़्याल है। फिर तो लछमनपुर कलाँ एक ऐसा किला बन जाएगा जहाँ बैठकर शैतान की फौज़ का मुकाबला किया जा सकता है।''

रिज़वी साहब ने शाबासी दी।

तो उस दिन दोनों बाप-बेटी में यह तय हुआ कि छोटे-मोटे घरेलू झंझटों के चक्कर में फँसकर सियासी ज़िन्दगी को तबाह करने में कोई फायदा नहीं है। इसलिए बेहतरी इसी में है कि शहनाज़ अपनी ससुराल वापस चली जाए और मुसलिम मियाँ की डूबती सियासी नाव को पार लगाने के बहाने उनके घर का इस्तेमाल कर शहनाज़ पार्लियामेंट पहुँच जाए। फिर उसके बाद की बाद में देखी जाएगी।

उधर यह ख़बर आग की तरह फैल रही थी कि मुसलिम मियाँ की रोज़-रोज़ बढ़ती दहेज की माँग से तंग आकर उनकी बहू घर छोड़कर अपने मायके चली गई है। सुखीराम ने तो इस मौके का तुरन्त फायदा उठाया और यह प्रचारित ही करवा दिया अपने लोगों से कि मुसलिम मियाँ का पाखंड खुलकर सामने आ गया आख़िर। अपनी बहू से दहेज माँग रहा था। जब दाल न गली तो उसने बहू को जलाने की धमकी दी। बहू किसी तरह जान बचाकर अपने घर भाग गई। नहीं तो पता नहीं क्या हो जाता ?

बेचारे मुसलिम मियाँ इन अफवाहों को सुन रहे थे और अपने सर के बाल नोच रहे थे और सोच रहे थे कि पता नहीं अगले चुनावों तक यह मुद्दा क्या बन जाए ? सियासत की इस लड़ाई में इस मुद्दे से क्या रंग बने ! लेकिन उनकी समझ में ये नहीं आ रहा था कि यह उनके किस दुश्मन की साजिश थी। सामिन मियाँ ने जब यह ख़बर सुनी तो सच ही कहा था उनके बारे में कि फूफाजान बेईमान तो हैं मगर पैसे-गहने के लिए नहीं, बस उन्हें पावर चाहिए—ताकत-हुकूमत। सियासी बेईमान हैं वे। वे वाकई सिर्फ़ सियासी थे। कहते हैं न कि जैसे-जैसे आदमी बूढ़ा होता जाता है खब्ती होता जाता है, अपनी आदतों का गुलाम और उसकी सारी खब्तें बढ़ जाती हैं। जैसे-जैसे उसे अपनी मौत की घड़ी करीब आती दिखाई देती है उसे अपनी ज़िन्दगी की सारी नाकामियाँ याद आने लगती हैं और उसकी तलवी बढ़ती जाती है और सबक भी...

बहरहाल, शहनाज लौट आई। एक सुबह जब मियाँ सैर से लौटे तो उनके कानों में एक जानी-पहचानी आवाज़ सुनाई पड़ी। उन्होंने सुना कि उनकी बहू उनके नौकर अब्दुल को डाँट रही थी। उनका गुस्सा सातवें आसमान पर चढ़ गया। वे किचेन की तरफ़ बढ़े अपनी बहू से ये पूछने कि आख़िर उसे क्या मिल गया उन्हें बदनाम करवाकर। अब और कितना जलील करवाना बाकी रह गया है लेकिन जब शहनाज से उनका सामना हुआ, शाहनाज़ ने कहा—सॉरी पापा...बस उनका सारा गुस्सा जाता रहा। उन्होंने मन-ही-मन सोचा कि चलो अच्छा हुआ, बहू लौट आई। अब ये ख़ुद ही बोलनेवालों की जुबान बन्द कर देगी...फिलहाल एक सियासी गुत्थी तो सुलझ गई।

गाँव में एक हादसा हो गया। हशमत दारोगा का तबादला जिस डाकू को पकड़ने के लिए किया गया था, एक दिन उससे उनकी मुठभेड़ हो गई। ख़बर

मिली कि गाँव मदरसा खुर्द के पास के गन्ने के खेतों में डाकू अपने दल-बल के साथ छुपा बैठा है। बस इतनी ख़बर काफी थी दारोगाजी के लिए। वे मुठभेड़ के लिए निकल गए। उस दिन गन्ने के खेतों के आर-पार अन्धाधुन्ध गोलियाँ चलीं। गाँववालों को घंटे-भर तक गोलियों की आवाज़ें सुनाई दीं। बाद में पता चला कि इनामी डाकू तो मारा गया पर जो एक दुखद ख़बर थी वो ये कि उसके साथ हशमत दारोगा भी मारे गए।

सारे गाँव की आँखें नम थीं। हशमत दारोगा, इस गाँव में अमन-चैन बहाल करने के लिए लाए गए थे और जाते-जाते भी वहाँ के लोगों की नींद हराम करनेवाले डाकू को हमेशा के लिए मौत की नींद सुला गए, ताकि गाँववाले चैन की नींद सो सकें। पुलिस महकमे के साथ सारा गाँव उमड़ पड़ा था उस शहीद को दफनाने। उस दिन गाँव के किसी घर में चूल्हा नहीं जला। ऐसा लग रहा था जैसे घर-घर कोई मौत हो गई हो।

पर एक आदमी था, जो उस दिन बेहद ख़ुश था। वो था सुखीराम। उसके ख़ुश होने के कई कारण थे। एक तो ये कि भले ही उसने मेहंदी अली से कह-सुनकर हशमत दारोगा का तबादला करा दिया था पर एक हशमत ही था जिसको ये असलियत पता थी कि कमलिनी और सुखीराम के क्या ताल्लुकात थे ? उसकी मौत के साथ एक किस्सा भले ही खत्म न हो पर ठंडा तो पड़ ही जाएगा और वक़्त इस को कुछ और ठंडक पहुँचा देगा। दूसरे ये कि उनकी सियासी ज़िन्दगी की नाव जो डूबती हुई दिखाई दे रही थी उसको फिर से सहारा मिल गया था...बस एक काँटा बच गया था, जो रह-रहकर चुभ रहा था—सामिन मियाँ एम.एल.ए.।

खैर, उस काँटे से भी निज़ात पाने का मौका जल्दी ही मिल गया। वह वक़्त का शुक्रिया अदा कर रहा था। अपने बाप को वह अपने रास्ते का सबसे बड़ा काँटा समझता था। उनकी वजह से ही यह सुनहरा मौका उन्हें मिलने जा रहा था। हुआ ये कि बुधीराम की बीमारी की ख़बर पूरे गाँव में फैल गई और अली सामिन खाँ जो उनके लिए सगे से भी ज़्यादा था, उनकी बीमारी के बारे में सुनकर उन्हें देखने आनेवाला था।

बस इस मौके ने उनके दिमाग को शैतानी बना दिया। सुखीराम ने सोचा कि गाँव तो छोड़ना ही है, लेकिन क्यों न जाने से पहले इस गाँव में बचे सारे काँटों को मिटा दे, ताकि उसकी वापसी का रास्ता खुला रह सके। उसके दिमाग में एक आइडिया आया और वह उसकी तैयारी मे लग गया। वह उस शाम की तैयारी करने लगा...

सुखीराम की शैतानियों से बेख़बर उसकी माँ दुखिया उसके बाबा बुधीराम सब घर में नए मेहमान के स्वागत की तैयारी में लगे थे। घर में इस बात पर महाभारत छिड़ी हुई थी कि जचगी घर में हो या दूर शहर के अस्पताल में। घर की मालकिन दुखिया की इच्छा थी कि बच्चा घर में ही हो। उसकी दलील थी कि सुखीराम की पैदाइश भी तो घर में हुई थी और वो इतना बड़ा आदमी बना। लेकिन शारदा को अपनी सास की इस जाहिलाना दलील पर गुस्सा आ रहा था। दुखिया कह रही थी कि अस्पताल का क्या भरोसा, वहाँ तो बच्चे बदल दिए जाते हैं। लेकिन शारदा अपनी बात पर अडिग थी। वह तो रट लगाए हुए थी कि अस्पताल जैसी सुविधा और कहीं नहीं मिलेगी।

शारदा को बुधीराम का साथ मिल गया। बुधीराम भी यही चाहता था कि उसकी बहू अस्पताल में जचगी के लिए जाए। वहाँ ढेर सारे डॉक्टर होंगे देखभाल के लिए और फिर सुखीराम की पत्नी का रुतबा कुछ कम तो नहीं होगा। सुखीराम ने पहली बार अपनी माँ का नहीं, अपने बाप का साथ दिया। उसने भी कह दिया कि ठीक है अगर बाबूजी भी चाहते हैं कि बच्चा अस्पताल में हो तो अस्पताल में ही होना चाहिए। सुखीराम के दिमाग में योजना पक चुकी थी...

उसने ऐलान किया कि पार्टी के काम से वह दिल्ली जा रहा है। बहू के साथ माँ और नौकरानी चली जाए और नौकर मंगल घर में बाबूजी की देखभाल के लिए रुक जाए। जब कार में सब लोग चलने के लिए तैयार हुए तो उसने कहा कि वह भी उसी कार से चलेगा और रास्ते में उतरकर लखनऊ की बस पकड़ लेगा और फिर वहाँ से दिल्ली। पर उस शाम तो वह कुछ और ही करने जा रहा था। वह रास्ते में उतरा और वापस लौट आया। छुपता-छुपाता फाटक के अन्दर घुसा और चोरी से अपने को सँभालता हुआ अपने बाहरी कमरे में चला गया...

अपने कमरे में आकर उसने अपना ब्रीफकेस एक तरफ़ रखा और धीरे से अपनी अलमारी खोली और अपनी बन्दूक निकाली फिर उसमें कारतूस भरकर खिड़की खोलकर आनेवाले के इन्तजार में बैठ गया और मन-ही-मन सोचने लगा कि हशमत मेरा परम मित्र तो गया, रास्ता तो साफ़ हुआ थोड़ी देर में वह भी साफ़ हो जाएगा। फिर उसे पकड़नेवाला कोई नहीं बचेगा। वैसे भी उस पर किसे शक होगा, वह तो दिल्ली गया हुआ है गाँववालों के लिए। इतना अच्छा मौका भी भगवान ने दे दिया। घर में कोई भी नहीं है सिवाय बाबूजी के जो कि बीमार ही हैं और उस नौकर के जो ऊँचा सुनता है। इस

बात की किसी को क्या ख़बर होगी कि किसने किया यह सब कुछ...

सुखीराम की नज़र खिड़की पर टिकी रही। हल्का अँधेरा हो रहा था। तभी सामिन आता दिखाई दिया। एक पल के लिए सुखीराम मायूस हो गया, क्योंकि सामिन दो-चार लोगों के साथ आ रहा था। पर उसकी मायूसी तुरन्त ही दूर हो गई, क्योंकि फाटक के पास आकर उन लोगों को सामिन ने विदाकर दिया और खुद फाटक खोलने लगा अन्दर आने के लिए। सुखीराम के लिए यह सुनहरा मौका था। उसने अपनी तनी हुई बन्दूक की ट्रिगर दबा दी। सामिन एक कराह के साथ वहीं गिर पड़ा...

चिड़ियों और कव्वों की आवाज़ों ने बता दिया कि कोई हादसा हुआ था। बेचारे अपने-अपने बसेरों में लौटे ही थे कि इतनी तेज आवाज़ ने उन्हें चौंका दिया था। सुखीराम ने समय बर्बाद नहीं किया। खाली कारतूस अपने ब्रीफकेस में रखा और बाहर निकल गया। उधर बुधीराम और उनके नौकर भी बाहर की ओर भागे। उस ओर जिधर से कराहने की आवाज़ आ रही थी। पास जाने पर उन्होंने देखा कि वह सामिन था। वे दोनों मिलकर उसे उठाने लगे। लेकिन उसे उठा नहीं पाए। बुधीराम चिल्लाने लगा—

''ई बुढ़ौती मा कैसे उठाई। जा तनी फाटक के बाहर भाग के जा जौन दिखै पकड़ ला। हे भगवान यह कौन आए गवा हमारे हाता के अन्दर। सब तौ देख लिहा ई जीवन मा। का बचा है। बस मौत बची है। ऐ भगवान हमरे बिटवा का बचाओ।''

बुधई कहे जा रहा था और उसे उठाने की कोशिश भी कर रहा था। इसी बीच बाहर से कुछ लोग आए और सामिन को उठाकर अन्दर की ओर ले गए और उसे बुधई की चारपाई पर लिटा दिया।

एम.एल.ए. अली सामिन खाँ को भूतपूर्व एम.पी. सुखीराम के घर के बाहर गोली लग गई, यह बात आग की तरह फैल रही थी। लोगों का हुजूम मेरे नीचे जमा हो रहा था। लोगों में चर्चा हो रही थी कि आख़िर इस नीम के पेड़ को क्या-क्या देखना बदा है ? वाकई कितने कम दिनों में मैंने कितना कुछ देख लिया। मोहब्बत और नफरत की दरियाओं के बीच कितना कुछ बह गया। इन बरसों में रवायतें बदलीं। गाँव मदरसा खुर्द में कितना कुछ बदल गया। यहाँ मैंने एक ज़मींदार को खाक में मिलते देखा और यहीं मैंने खाकपतियों को शिखर पर चढ़ते देखा। बस नहीं बदला तो नफरतों का सिलसिला। जब-जब ये लगने लगा कि अब सब कुछ शान्त हो जाएगा गाँव में। बस तभी कुछ और शुरू हो जाता। मैं तो जब से हूँ तब से ही गाँव

में सिर्फ़ पुलिसवालों को घूमते देख रहा हूँ, रोज़ किसी-न-किसी केस की तफ्तीश के सिलसिले में। अब फिर वही सिलसिला शुरू हो जाएगा—

नया दारोगा रणबहादुर बड़ा परेशान रहता था कि उसे कोई केस ही नहीं मिल रहा था। सोचता रहता था कि कैसा सूखा थाना मिला है उसे। जब से आया था सिवाय बैठे रहने के कोई काम ही नहीं था। उसे जैसे ही ख़बर मिली कि एम.एल.ए. साहब को गोली लग गई वो जीप उठाकर भागा मौका-ए-वारदात पर। वहाँ पहुँचने पर पता चला कि सबसे पहली ज़रूरत ये थी कि सामिन मियाँ को अस्पताल पहुँचाया जाए। हो ये रहा था कि गाँववाले उन्हें लखनऊ ले जाने की जिद कर रहे थे पर रणबहादुर दारोगाजी ने सलाह दी कि लखनऊ से बेहतर सुल्तानपुर ले जाना होगा और ऐसे नाजुक मौके के लिए उनकी जीप हाजिर है। सामिन मियाँ को गाड़ी में लादा गया। इतनी भीड़ हो गई थी कि गाड़ी को निकाल पाना मुश्किल हो रहा था। लोग चिल्ला रहे थे कि जिसने भी भइया को मारा है, उसको मार डालेंगे, उसका घर जला देंगे।

सामिन भइया जिन्दाबाद ! सामिन भइया जिन्दावाद ! इंकलाब जिन्दाबाद ! जिन्दाबाद-जिन्दाबाद !

दुश्मन से बदला ले के रहेंगे—ले के रहेंगे। ले के रहेंगे। इस प्यार भरे शोरोगुल के बीच सामिन मियाँ सुल्तानपुर के लिए रवाना हुए ज़िन्दगी और मौत से जूझते हुए। लेकिन गाँववालों ने यह दिखा दिया था कि भले ही उनके पिताजी उस गाँव के ज़मींदार रहे हों पर सामिन मियाँ को वे सबसे बढ़कर चाहते थे। कितने एम.पी., एम.एल.ए. गाँव मदरसा खुर्द की धरती पर पैदा हुए, लेकिन एक सामिन मियाँ ही थे जिनके लिए वे दिलोजान से दुआएँ कर रहे थे। भगवान से उसकी सलामती की भीख माँग रहे थे। वह अकेला नेता था उनके गाँव का, जो उनके ही बीच से निकला था और जो दिल्ली-लखनऊ जाकर गाँववालों के लिए बड़ा नेता नहीं हो गया था। सिर्फ़ वही एक तो था जो गाँववालों के बीच गाँववालों की तरह ही रहता था—उनके सुख-दुख में सुखी-दुखी होता। तो भला वे क्यों न उसके लिए दुआएँ माँगते ईश्वर से।

जब मुसलिम मियाँ को इस वारदात की ख़बर मिली तो उस दिन वे फिलासफर की तरह कहने लगे अपनी बेगम से—

"सीखो कुबरा बेगम, कुछ सीखो ! यह ज़िन्दगी बहुत बड़ी उस्ताद है। इससे कुछ सीखो। खुदा न करे सामिन मियाँ को गोली मारी गई हो, मगर वह दिन दूर नहीं कि सियासी लोगों को गोलियों और बमों से उड़ाया जाएगा।

अगर जिन्दा रहना तो अपनी आँखों से देख लेना। ऐसा क्यों होगा ? इसलिए कि लीडर लालच का शिकार होता जा रहा है। नेताओं को हवस खा गई। एक जमाना था कि लीडरों की पूजा होती थी। मैं तुमसे क्या बताऊँ ? एक दफा घनघोर फसाद हो रहा था। पंडित जवाहरलाल नेहरू की मोटर गुजर रही थी। एक नौजवान छुरा लेकर लोगों पर हमला कर रहा था। बस वह एक को मारने ही वाला था कि पंडित नेहरू अपनी मोटर से कूद पड़े और नौजवान का छूरा पकड़कर उसे एक झापड़ रसीद कर दिया। छूरा दूर जा गिरा और नौजवान उनके कदमों पर गिरकर माफी माँगने लगा। अब आप बताएँ आज के किसी लीडर में है ये दम-खम।''

शहनाज़ जो पास ही बैठी थी, ने उस लम्बी तकरीर को सुनने के बाद तंज़ करते हुए कहा–

''अम्मी जान आप इधर आ जाइए नहीं तो सिलसिला चलता ही रहेगा। आज के लीडर को चुनाव में खड़े होने का टिकट नहीं मिलता तो वह लेक्चर की एक दूकान खोल लेता है और अपने घर को दिल्ली का बोट क्लब या लखनऊ का बेग़म हजरत महल पार्क बना देता है।''

बेचारे मुसलिम मियाँ इस तंज़ पर चुपचाप इधर-उधर देखने लगे। उन्हें कोई जवाब ही नहीं सूझा।

इस सबसे बेख़बर सुखीराम की पत्नी ने अस्पताल में लड़की को जन्म दिया। दुखिया तो आसमान सर पर उठाए थी कि उसे तो पहले ही शक था कि अस्पताल में बच्चा बदल दिया जाता है। बहू ने लड़का जना अस्पतालवालों ने लड़की से बदल दिया। सब उसकी बात सुनते थे और हँसते थे पर वह तो यह मानने को ही तैयार नहीं थी कि उसको पोता नहीं हुआ है। जब वह अपनी पोती को लेकर गाँव लौटी तो गाँव उसकी खुशी मनाने को तैयार नहीं था। वहाँ तो मातम पसरा हुआ था।

सुल्तानपुर अस्पताल में सामिन मियाँ को होश आ गया था और दारोगा रणबहादुर उनके पास बैठा केस की तफ्तीश कर रह था–

''एक बात कहूँगा कि कातिल है बहुत चालाक। बारह बोर की बन्दूक इस्तेमाल की है उसने। इससे कातिल को दो फायदे थे। एक तो यह कि बारह बोर का निशाना कम ही खाली जाता है, इसलिए कि इसमें नाल से निकलने के बाद छर्रे फैल जाते हैं। दूसरा फायदा यह है कि छर्रों का कोई नम्बर तो होता नहीं। हर बन्दूक से वैसे ही छर्रे निकलते हैं इसलिए पकड़-धकड़ भी

मुश्किल। कारतूस जानते हैं कि कौन सा इस्तेमाल हुआ है ? जिससे हिरन मारे जाते हैं।

दारोगा रणबहादुर केस की पेचीदगियाँ एम.एल.ए. साहब को समझा रहा था।

"तो कातिल ने मुझे कम-से-कम हिरन जैसा हसीन तो समझा ?"

सामिन मियाँ ने मज़ाक किया।

"एक बात और कातिल को पूरा इत्मीनान था। तभी तो वो इतनी बड़ी बन्दूक लेकर सुखीराम के हाते में घुसा। आप पर गोली चलाई और चलता बना। आपको अपने किसी दुश्मन का ध्यान आता है ?

दारोगाजी मामले के किसी सुराग की तलाश में पूछे जा रहे थे।

"मेरी जानकारी में तो कोई नहीं।"

सामिन मियाँ ने छोटा-सा जवाब दिया।

"मदरसा में क्या कोई बिना लाइसेंसवाला बारह बोर की बन्दूक भी रखता है ?"

दारोगाजी ने अगला सवाल किया।

"मैं तो नहीं जानता। सुखीरामजी के पास पहले से है और अब रामखिलावन भइया के पास भी है। मगर ये लाइसेंसवाले लोग हैं।"

सामिन मियाँ का जवाब था।

"मगर रामखिलावन तो दिल्ली में हैं ?"

दारोगाजी ने सवाल किया।

"दिल्ली तो सुखीरामजी भी गए हैं !"

सामिन मियाँ ने जोड़ा।

"बस फरक यही है कि सुखीराम उसी दिन दिल्ली गए जिस दिन हादसा हुआ और रामखिलावन तो वहीं रहने ही लगे हैं।"

दारोगा रणबहादुर ने अपनी सवालिया निगाहों से उन्हें देखते हुए कहा।

"मतलब ?"

सामिन मियाँ ने बात को समझने की कोशिश करते हुए पूछा—

"मतलब तो सुखीरामजी बताएँगे। हम तो बस ये बता सकते हैं कि हमारे जैसा पुलिसवाला ऐसे लोगों को बहुत चालाक समझता है और चालाक कव्वा ही...खैर छोड़िए।"

दारोगाजी की आँखों में शरारती चमक तैर रही थी।

इस बीच सुखीराम दिल्ली से लौट आए और आते ही उन्होंने ऐलान किया कि उनके घर में उनकी लड़की की पैदाइश के छठे दिन कोई जलसा नहीं होगा, क्योंकि यह पूरे गाँव के लिए मातम और शर्म की बात है। कोई वहाँ घुसकर उनके सबसे होनहार नेता पर वार करके चला गया और किसी को पता भी न चला। उन्होंने पूरे गाँव पर लानत भेजी और अपने पुराने सहयोगी सामिन मियाँ को देखने सुल्तानपुर अस्पताल की ओर चल पड़े।

जब सुखीराम अस्पताल पहुँचे तो दारोगाजी बैठे हुए थे। उन्होंने पहुँचते ही सामिन मियाँ से पूछा—

"अरे, यह क्या कर लिया सामिन मियाँ ?"

"हमने तो कुछ भी नहीं किया। सब कुछ हमारे कातिल ने किया। हम तो बस गोली के सामने आ गए। मेरा प्यारा कातिल मुझे मुर्दा समझकर भाग गया। अब बेचारा मुँह छुपाए घूम रहा है। तो भाई मैंने क्या किया, सब कुछ उस प्यारे से कातिल का किया धरा है।"

सामिन मियाँ पहले की ही तरह मज़ाक के अन्दाज में बोले।

"भई, बहुत हिम्मतवाले हो ! इतनी चोट खाने के बाद भी इस तरह की बातें तुम्हीं कर सकते हो।"

सुखीराम ने ढाँढ़स बँधाते हुए कहा।

"अरे हुज़ूर ! हिम्मत देखनी हो तो हमारे कातिल की देखिए जो अपनी जानकारी में मुझे मरा हुआ छोड़ गया और जब उसे मालूम होगा कि मैं तो मरा ही नहीं तो इस दुख को हमारा कातिल किस हिम्मत से बर्दाश्त करेगा ? ज़रा सोचिए, हिम्मत कातिल की हुई या मेरी ?"

सामिन मियाँ के इस जवाब को सुनकर सुखीराम थोड़ा परेशान हो गए।

इस बीच रणबहादुर अपने को तैयार कर रहा था सुखीरामजी से सवाल पूछने के लिए। उसने मौका देखा और घूरते ही पूछा—

"आप किस गाड़ी से दिल्ली गए थे ?"

"मैं आज तक मदरसा से कभी सीधे दिल्ली नहीं गया। आपकी जानकारी के लिए बता दूँ कि सुल्तानपुर से कोई सीधी गाड़ी दिल्ली जाती भी नहीं है। मैं तो लखनऊ जाता हूँ, फिर लखनऊ से ढेरों गाड़ियाँ, हवाई जहाज लगे हैं दिल्ली के लिए और बताऊँ आप अभी नए हैं इसलिए नहीं जानते होंगे। मदरसा से हर मिनट पर बस लखनऊ के लिए निकलती है।"

सुखीराम ने थोड़ा आवेश में आते हुए जवाब दिया।

"यह किसने इतनी हिम्मत की, कि आपके अहाते में आकर एक

एम.एल.ए. पर इतना निडर होकर गोली चला जाए ?"

रणबहुदर ने फिर सवाल दागा।

"रणबहादुरजी आपको इतना भी नहीं मालूम कि सरकार ने आपको नौकर किसलिए रखा है ? इसीलिए न कि आप पता लगाएँ कि इतना निडर कौन हो सकता है और फिर सजा दिलाएँ। समझ गए ना ? अगर नहीं समझे तो कभी मेरे दरवाज़े पर आइए अच्छी तरह समझाऊँगा।"

सुखीराम ने छूटते ही जवाब दिया।

"मिलूँगा साब मिलूँगा। कहीं अस्पताल और थाने के बीच में आपका दरवाज़ा पड़ता तो आते-जाते रोज़ मुलाकात होती। मुश्किल तो यही है कि नीम का पेड़ थोड़ा-सा थाने से दूर पड़ता है। मगर कोई बात नहीं मैं दोनों को करीब लाने की कोशिश करूँगा।"

यह कहते हुए रणबहादुर चला गया। सुखीराम भी सामिन से विदा लेकर चल पड़ा, लेकिन रास्ते-भर यही सोचता रहा कि आख़िर इस दारोगा को लाया तो वही था पर वह तो नीम चढ़ा करेला साबित हो रहा है। बहुत मुमकिन है कि यह एक नई मुसीबत खड़ी करनेवाला हो। वे धीरे-धीरे फ़ैज़ का मिसरा गुनगुनाने लगे—"एक बखिया उधेड़ा एक सीया यूँ उम्र बसर कब होती है।" मन-ही-मन यह सोचते हुए कुछ निश्चिन्त हुए कि जब इतनी बलाएँ भगवान ने दीं और उनसे निकलने का रास्ता भी बना दिया तो इस बला का भी कुछ-न-कुछ इन्तजाम हो ही जाएगा। लेकिन असली मुश्किल ये थी कि जल्दी-से-जल्दी दिल्ली जाने का इन्तजाम किया जाए, नहीं तो मदरसा में रहकर सिवाय मुश्किलें बढ़ने के और कुछ भी नहीं हो सकता था।

रणबहादुर दारोगा गाँव के सारे पुराने हिसाब साफ़ करने में जुट गया था। अमर सिंह के लन्दन से लौटते ही रघुवीर सिंह का मामला शुरू हो गया था। अमरसिंह ने गवाह भी जुटा दिया। बस क्या था, रणबहादुर ने रघुवीर सिंह के लड़के को कत्ल के केस में पकड़कर अन्दर कर दिया। रघुवीर सिंह हाथ जोड़ते रह गए कि पेशगी जमानत-भर का समय दे दिया जाए पर दारोगाजी ने मुस्कुराते हुए कहा कि घबड़ाने की बात नहीं है, मैं खुद ही इनको अदालत में हाजिर कर दूँगा। बेचारे सुखीराम मन मसोस रहे थे। कहते फिर रहे थे कि अगर पहले पता होता कि घोर कलयुग में ऐसे-ऐसे पुलिसवाले छुपे बैठे हैं तो कभी बदली करवा के लाते ही नहीं। पर ये तो वही बात हुई न कि अब पछताये क्या होत है जब चिड़िया चुग गई खेत।

चिड़िया सचमुच एक-एक करके द्दाने चुगने में लगी थी। सुखीराम जानता

था कि अगला कत्ल का केस कौन-सा खुलनेवाला था। इस बीच ठाकुर अमर सिंह ने अपनी बीवी के ठीक होकर लन्दन से वापसी के मौके पर अपने यहाँ कव्वाली का प्रोग्राम करवाया। सुखीराम भी गए उसमें और वहाँ उनकी मुलाकात मुसलिम मियाँ से हो गई। उन्होंने देखते ही टोक दिया—

"अरे भई सुखीरामजी, वह आपके वकील ने आपकी जायदाद की रजिस्ट्री एक अरसा हुआ मेरे नाम करा दी थी। मैंने पूरा पेमेंट भी कर दिया। बस कब्जा लेना बाकी था। आपने तब दो बातें कही थीं—एक तो यह कि मैं कब्जा लेने में जल्दी न करूँ। दूसरे इस सौदे का जिक्र किसी से न करूँ। मैं अभी तक आपकी दोनों बातों पर कायम हूँ। न मैंने कब्जा लिया और न ही किसी से कहा, मेरे किसी दोस्त को इसका इल्म तक नहीं है। बस इतना और बता दीजिए कि कितने दिन और इन्तजार करना होगा। कुछ तो वक़्त मुकर्रर कर दीजिए। आख़िर जल्दी न करने का मतलब क्या होता है ?"

सुखीरामजी जवाब में बस इतना ही कह पाए—

"बस दो-चार सप्ताह।"

लेकिन मन-ही-मन ये अन्दाजा उनको हो गया था कि अब चाहे जो भी हो, उनकी ज़िन्दगी के सारे फ़ैसले इन्हीं दो-चार हफ्तों में होनेवाले थे। आर-पार की लड़ाई लड़नी होगी अब उन्हें। बस उन्हें अपनी किस्मत पर भरोसा रह गया था। ताकत का गुरूर कुछ-कुछ जाता रहा। होता भी क्यों नहीं, उसी जलसे के खत्म होते-होते रणबहादुर ने कमलिनी कत्ल के सिलसिले में लाला को गिरफ्तार कर लिया। यह कहते हुए कि कत्ल के सारे राज़ यही जानता है। फ़ैसले की घड़ी नजदीक आई जान पड़ने लगी थी...

शहनाज़ बेगम ने ऐलान कर दिया कि वह अब ऊब गई है लखनऊ में रहते-रहते, इसलिए अब उसका जी कर रहा है कि वह अपनी असली ससुराल लछमनपुर कलाँ जाकर रहे और पूरी लगन से ससुराल के लोगों की खिदमत करे। यही नहीं, उसने तो साफ़-साफ़ यहाँ तक कह दिया—

"मैं मियाँ मुसलिम नहीं हूँ कि एलेक्शन के बाद मैं अपने गाँववालों से पर्दा करूँ। जिसको अपनी इज़्ज़त ज़्यादा प्यारी हो वह मेरे रहते लछमनपुर कलाँ न आवे। अब्दुल को पहले भेजकर वहाँ के मकान की सफाई वग़ैरह करवा दी जाए। अगर अच्छन साहब के वालिद को यह न पसन्द हो तो मैं दिल्ली वापस जाना ही मुनासिब समझूँगी। फिर अगर लोग दहेजवाली बात को सच मान लें तो मुझे जिम्मेवार न ठहराया जाए।"

मुसलिम मियाँ बेचारे अब समझ रहे थे कि जैसे सियासत की जंग में

बाज़ी उनके हाथ नहीं लगी, वैसे ही अब अपने घर में अपने ही पियादों से उनकी मात लिखी थी। अब उनकी समझ में आ गया था कि उनका वक़्त पूरा हो गया। इसलिए बेहतरी इसी में है कि जो भी पास में है उसी को सँभालकर बाकी उम्र इज़्ज़त से काट लें, नहीं तो अभी तो घर में ही बहू ने टोपी उछालनी शुरू की है, कल को बाहर सड़क पर लोग उनकी टोपी उछालेंगे। उन्होंने चुप लगाना ही अच्छा समझा।

पुलिस सुखीराम को घेरने की तैयारी पूरी कर रही थी। लाला ने गिरफ्तारी के बाद अपने बयान में साफ़-साफ़ कह दिया कि उसका इस कत्ल से इतना ही ताल्लुक था कि सुखीराम ने उसे पैसे दिए और उसने बजरंगी को दे दिए। बाकी किस्सा उसे कुछ भी नहीं पता। बजरंगी खुद ही दारोगा रणबहादुर के सामने हाजिर हो गया और उसने बयान दे दिया कि उसे कत्ल के पैसे दिए गए थे। हालाँकि वह कत्ल करना नहीं चाहता था पर उस मेम ने जब ये कहा कि उसने पहचान लिया तो बस हड़बड़ाहट में उसने गर्दन दबा दी। उसने स्वयं ही यह कह दिया कि वह सरकारी गवाह बनना चाहता है। जब यह लगने लगा कि बस सुखीराम की गिरफ्तारी होने ही वाली है तो सुखीराम अपने वकील के साथ थाने आए और आते ही उन्होंने दारोगा रणबहादुर से कहना शुरू कर दिया–

"मुझे यहाँ नहीं आना चाहिए था। आराम से घर में बैठना चाहिए था लेकिन मैं सिर्फ़ आपका और क़ानून का काम आसान करने आया हूँ। मुझे मालूम है कि आप मेरे ख़िलाफ़ एक बड़ी साजिश रच रहे हैं और मुझे कत्ल के मुकदमे में फँसाने की कोशिश कर रहे हैं। जो ये चाहते हैं कि मैं इलेक्शन कभी न जीत सकूँ, आप उनके साथ मिल गए हैं। तो मैं आपको बता दूँ कि मैंने अपनी पेशगी जमानत करवा ली है। वकील साहब मेरे साथ हैं, आप चाहें तो इनसे बेल ऑर्डर की कॉपी लेकर देख सकते हैं।"

यह कहकर सुखीराम मुस्कुराते हुए वहाँ से चला गया। मगर उसे क्या मालूम था कि कमलिनी की माँ गाँव में आकर अपनी बेटी को ढूँढ रही थी। वह बुधीराम से सारा किस्सा बयान कर रही थी कि उसकी बेटी अपने पति सुखीराम से मिलने आई थी, फिर वापस नहीं गई। न ही उसने कोई ख़त ही लिखा। हाँ, सुखीराम उसकी तरफ़ से ख़त ज़रूर लिखते रहे। यही नहीं, उसने तो यह भी बताया कि उसकी लड़की सुखीराम के बच्चे की माँ बननेवाली थी और इसीलिए सुखीराम ने उससे शादी भी की थी। वह ज़ार-ज़ार रो रही थी और बुधीराम को अपना दुखड़ा बयान कर रही थी–

"क्या बोलूँ भाई साहब अगर सुखीरामजी मुझे ना मिले तो मैं पागल हो जाऊँगी। अभी किसी का गुमनाम ख़त मुझे मिला, जिसमें लिखा था कि कमलिनी बच्चे की पैदाइश में मर गई। अब सुखीराम मिलें तो पता चले। वह मिल ही नहीं रहे हैं। जब से गुमनाम ख़त मिला है, चैन नहीं आ रहा।"

बुधीराम बेचारा क्या जवाब देता। पर उसने उसी दिन एक फ़ैसला कर लिया अपने मन में। पर उसके बर्दाश्त की तो अभी और परीक्षा होनी बाकी थी। मुसलिम मियाँ ने कब्ज़ा न मिलते देखकर सुखीराम की ज़मीन के लिए चुपचाप अदालत में शिकायत दायर कर दी और अदालत से हुक्म पा गए। हुक्म के मुताबिक बुधई, सुखीराम, दुखिया और शारदा ट्रेस पासर करार दिए गए। अदालत ने हुक्म दिया कि सुखीराम के अहाते से इन सबका नाजायज़ कब्ज़ा समाप्त कर दिया जाए। अगर ज़रूरत पड़ी तो इसमें पुलिस की भी मदद ली जा सकती है।

अदालत के इस आदेश से तो जैसे मुसलिम मियाँ का पुराना शरारती दिमाग जाग उठा। उन्होंने भी अपना फ़ैसला सुना डाला–

"मैं नेक काम में देर करने का आदी नहीं हूँ। उस बुधइया के लौंडे का सामान उन बाप-बेटों के सामने घर से बाहर फेंका जाए, इससे बड़ा नेक काम और क्या हो सकता है भला ? अब इस नेक काम में देरी नहीं करनी चाहिए।"

बुधई उर्फ बुधीराम की ज़िन्दगी में इतना हैरतअंगेज कभी नहीं हुआ था, जितना उन एक-दो दिनों में हुआ। एक-के बाद एक अपने बेटे की करतूतों पर से पर्दा उठ रहा था और वे बेबस देख-सुन रहे थे। लेकिन जो सामिन मियाँ ने बताया वह तो उनकी सोच से भी परे था। सामिन ने उन्हें विश्वास में लेते हुए कहा–

"आपको कसम है चचा ! यह बात आप अपने तक ही रखेंगे। किसी से भी नहीं कहेंगे। हम सुखीराम भइया से तो अलग हैं पर आपसे अलग नहीं हो पाए। हम में लाख बुराई है चाचा पर हम आपको बहुत चाहते हैं। सुखीराम भइया को हमने हमेशा भइया समझा। वह ना होते तो बाबा जब जेल में थे तो हम लोग तो भूखों मर जाते। उन्होंने ही हमारे घर का जेवर, बर्तन, कपड़ा खरीदा। अपने साथ रखा। मैंने भी ये कभी नहीं चाहा कि मेरे कारण उनको दुख हो, उनका नुकसान हो। इसीलिए इस राज को आज तक मैंने छुपाए रखा।"

"कौन राज ? यही कि वह दिल्ली मा कमलनी से बियाह किहिस और बाद में अपनी दुलहिन का मरवा दिहिस।"

बुधीराम ने ऐसे कहा, जैसे वह सबसे बड़ा राज था जिसे वह जानता था।

"चाचा, आप सब कुछ झेल सकते हैं पर यह शायद आप बर्दाश्त नहीं कर सकते कि हमें सुखीराम ने गोली मारी थी।"

सामिन ने थोड़ा रुकते-रुकते कहा।

"क्या ?"

बुधीराम के मुँह से केवल यही निकल सका।

"हाँ चाचा ! सुखीराम तो हम पर गोली चलाकर मरा समझकर भाग गए। लेकिन मैंने अपनी आँखों से उन्हें भागते देखा अपनी बेहोशी से पहले। पर आज तक किसी से नहीं कहा, क्योंकि वे आपके लड़के हैं। आपकी दुआओं से मैं बच भी गया। इसलिए आज मैं आपको बता रहा हूँ।"

सामिन ने अपनी बात पूरी कर दी।

बुधीराम चुपचाप वहाँ से उठकर चला गया। पर उसे अभी सबसे दर्दनाक तो देखना बाकी ही था। उसके घर के बाहर शोरगुल हो रहा था। उसने देखा कि मुसलिम मियाँ पुलिस के साथ वहाँ खड़े थे। उन्होंने सुखीराम को देखते हुए कहा–

"जायदाद मेरी और कब्ज़ा आपका। यह सब कब तक चलेगा सुखीरामजी..."

बस इतना सुनना था कि बुधई ने दरवाज़े के पास रखी कुल्हाड़ी उठाई और मुसलिम और सुखीराम की ओर बढ़ने लगा। सुखीराम नीम के पेड़ की आड़ में खड़ा था। बुधई चुपचाप बढ़ा और एकबारगी सुखीराम वहीं ढेर हो गया...

मैं इस कहानी का उनवान भी हूँ और कहानी भी। नीम का पेड़ होकर भी मैंने इतना कुछ देखा और बयान किया। सब कुछ भूलने लगा हूँ अब तो मैं या क्या पता शायद भूल ही जाना चाहता हूँ। अब दुख की ऐसी कहानी को कौन याद रखना चाहेगा। ख़ून में लिथड़ी हुई दुख की कहानी को। मैं लाख भुलाना चाहूँ पर उस तकरीर को कैसे भूल सकता हूँ जो बुधई उर्फ बुधीराम ने अदालत में दी थी। मैं तो उसके दर्द से आज तक आज़ाद नहीं हो पाया, पर वह तो मेरी ही आज़ादी की बात कर रहा था–

"हम तो ई जानत हैं कि सुखीराम न तो हमरे बिटवा रहे न लोकसभा के मेम्बर, वह तो बस इ देस के बासिन्दा रहे, नागरिक रहे। आप सब भी

नागरिक हैं। आप लोग भी अपने देश को प्यार करत हुइहें। मुदा हमका जितना प्यार अपने मुलुक से है उतना ही नीम के पेड़ से है। अरे नीम का पेड़ हम लगावा रहा ओइकी छाँव में बैठे के लिए। छाँव मुसलिम मियाँ छीन लिहिन और सुखीराम पेड़ बेच डालिन, केहके हाथ ? वही जिनके कारण नीम की छाँव बेगानी भई। आप जानत हैं, नाहीं आप नहीं जानत हैं। हमका नीम का पेड़ सुखीराम से ज़्यादा प्यारा रहा। हम देखा कि हमार पेड़ ख़ूब गझिन हो गया। मुदा हम यह देखा कि नीम के पेड़ की छाँव मा खड़ा होकर एक भाई दूसरे भाई पर गोली चला रहा है। कुत्तों की इज़्ज़त अपने बुजुर्गों से ज़्यादा हो गई। हराम के पैसे को रगड़कर लोग चन्दन की तरह अपने माथे पर लगाए लगे और हमरे नीम के पेड़ की छाया में बच्चे पैदा होने से पहले ही मार दिए जाने लगे। एक माँ के आँसुअन से हमारा पेड़ डूबा जा रहा है। पेड़ बिका जा रहा है। पेड़ बचाओ। नीम का पेड़ बचाओ। ख़ून दे के बचे तो बचाओ।"

कहते-कहते बुधीराम हाँफने लगा और कठघरे में बैठ गया। उसे जो कहना था, उसने कह दिया था और अब आँखें बन्द किए ऊपरवाले से जल्दी फ़ैसला सुनाने की गुहार कर रहा था। निचली अदालत के फ़ैसले में उसकी कोई दिलचस्पी बाकी ही नहीं रह गई थी...

●●●